文庫

夫は泥棒、妻は刑事⑲

泥棒教室は今日も満員

赤川次郎

徳間書店

目次

プロローグ

「先生！」

　そう呼んだのは一人だけだったが、

「はい！」

　と、返事をしたのは——少なくとも七、八人はいた。

「す、すみません」

　と、呼んだ方の若い女性は焦って、「ええと……」

「あなた、新人ね」

　と、返事した一人が言った。「だめよ、ちゃんと名前を呼ばないと。ここは『先生』たちばっかりいるんだから。誰を呼んでるのか分らないでしょ」

「はい！　気を付けます」

　と、真赤になって、〈講師控室〉の入口であわててメモを見ると、「あの……高柳《たかやなぎ》先生です。高柳寿美子《すみこ》先生」

控室の中に、数秒の沈黙があって、

「——そういう先生はいないわよ」

と、他の一人が言った。「ねえ？」

「聞いたことないわね」

「本当」

と、肯《うなず》き合う。

「あの……でも……」

と、事務の女性は困った様子で、「確かに高柳先生と——」

すると、奥の方に座っていたスーツ姿の女性が立ち上った。そして、咳払《せきばら》いをする
と、

「あの……それ、たぶん私のことです」

と言ったのである。

「あなた……水野《みずの》さんじゃないの」

と、年輩の女性が言った。

「はあ……。実は、昨日結婚したんです。それで高柳に……」

「あら。——そうなの」

と、何だか拍子抜けの態《てい》で、「おめでとう」

と付け加えた。

「それで……」

「あ、すみません。お電話が事務室の方に。ケータイがつながらないとおっしゃって」

「そう。ごめんなさい」

〈講師控室〉は別にケータイを禁じられているわけではないが、授業中にケータイが鳴るといけないというので、何か用事のある人を除いて、たいていは電源を切っているのである。

「じゃ、事務室に？」

「はい、つながってます。私の机の上の電話です」

「ありがとう」

と、小走りに出て行く。

「失礼しました」

新人の事務員も戻って行き、残った「先生」たちは何となく顔を見合せた。

「――水野さんがね」

と、一人が言った。「ちょっとびっくりだわ」

笑いが起って、

「本当ね」

「昨日結婚した。って言ってた？　ちっとも新婚さんらしくないわ」

「どうしたって無理でしょ」

「そうね」

――水野寿美子、改め高柳寿美子は四十になるところで、小柄でちょっと太めの体つき、丸顔で、あまり美人とか可愛いとは言われない。

このカルチャースクールではドイツ語会話の教室を受け持っている。

他の講師が〈フラワーアレンジメント〉とか〈テーブルマナー〉といった派手な内容の人が多い中で、寿美子は地味な存在だった。

「高柳っていったわね」

ここにいる先生たちの中で一番年長の北浜恵子《きたはまけいこ》が言った。「どこの高柳さんかしら。物好きは」

和服姿の北浜恵子は元アナウンサーで、TVのニュース番組のキャスターをつとめて人気があった。今は定年で辞め、自伝やインタビュー集の本を出していて、この〈F学園〉では〈自伝・エッセイの書き方〉という教室を持っている。

〈F学園〉でも指折りの人気講座だ。

北浜恵子の言葉に、しばらく誰も答えなかったが――。

「あの高柳さん？」

と、一人が言った。「でも……」

「まさか！」

と、別の一人が声を上げる。

「それって、高柳正治《まさはる》さんのこと？」

と、北浜恵子は言って、ちょっと笑った。「まさか、そんなこと……」

「でも、高柳さん、あの人のドイツ語会話の教室に来てますよ」

と、他の一人が言った。

「じゃあ……」

「本当に？」

しばらく誰も口をきかなかった。

やがて、北浜恵子が軽く肩をすくめて、

「世の中には、ふしぎなこともあるわよ」

と言った。「もし本当に――」

突然、パッと立ち上った女性がいた。

普通なら敬遠しそうな、紫色のスーツを着た、華やかな感じのその女性は、

「違うわよ！」

と、叫ぶように言った。「そんなわけないわ！」

さすがに居合せた他の女性たちも、びっくりして言葉がなかった。

「違うわよ……」

と、その女性はくり返した。「あの人が水野さんみたいな女を選ぶなんて、あり得ない！　絶対に違う男よ！」

北浜恵子が、まじまじとその女を見つめて、

「戸畑《とばた》さん……」

と言った。「あなた、高柳さんを……。そうだったのね」

ハッと我に返ったように、戸畑佳苗《かなえ》は周囲を見回して、

「――失礼しました」

と、目を伏せた。「ちょっとお化粧を直して来ます」

クラシック音楽の評論家として名の出て来ている戸畑佳苗は、今三十代半《なか》ば。この控室の中では一番若い。

控室を出て行こうとした戸畑佳苗は足を止めた。高柳寿美子が戻って来たのである。

「すみません」

と、わけもなく謝って、寿美子は頭を下げた。

「水野さん」

と、戸畑佳苗は言った。「いえ、高柳さんだったわね。一つ教えて」

「何か……」

と、当惑した様子で言った寿美子は、廊下の方を振り返ると、「あ、ちょうど今……」

そして、控室の入口に、三つ揃いの高級スーツに身を包んだ中年の男性が立った。

「あの……」

と、寿美子が恥ずかしそうに、「ご紹介します。――主人です」

「高柳です。家内がいつもお世話になって」

そつなく挨拶したのは、いかにも上品な紳士で、髪が半ば白くなっていたが、顔立ちは若々しい。

それが、「あの高柳」当人に違いないことは、立ち尽くしている戸畑佳苗が顔を紅《こう》潮《ちょう》させて言葉を失っていることで明らかだった。

「まあ、おめでとうございます」

と、北浜恵子が立ち上って言った。

「今、お二人の噂《うわさ》をしてましたのよ」

「それはどうも」

と、高柳が微笑《ほほえ》んだ。

と、戸畑佳苗が言葉を押し出すように言った。「お化粧を直して来ますの。失礼します」

そして、高柳夫婦の間を割るようにして控室を出て行った。

「――ちょっと」

「どうぞおかけになって」

と、北浜恵子が愛想よく、「ぜひお二人の幸せにあやかりたいものですわ」

「本当よ」

「水野さん、おめでとう！」

控室には、いっとき、いささかうわべだけではあるが、暖かい祝福の空気が満ちたのである……。

1　ある爆発

「いつもすみません、主任」

と、ちっともすまなそうでない声で言うと、若い子たちが帰って行く。

「いいわよ。じゃ、お楽しみ」

と、面倒くさげに手を振ったのは、どっしりとした「存在感」の持主、安田君江《やすだきみえ》である。

「やあ、安田さん」

とコートをはおりながら、保安部長の大谷《おおたに》が通りがかる。

「メリー・クリスマス」

言われる前に言ってやった。

「まだ一週間あるぜ」

と、大谷が苦笑する。

「だけど、本当のクリスマスまでは忙しくって休めないでしょ。だから一週早く」

「まあそうだね。でも、安田さん、昨日も残ってなかったか?」

「昨日も一昨日《おととい》もよ」

「じゃ、他の子の代り?」

「みんなデートに忙しくってね。私は幸か不幸かヒマでして」

「そうか。しかし、あんまり甘やかしても……」

「いいのよ。若い子たちの恋を応援したいからね。私はもう縁がないから」

――安田君江は五十五歳になる。

ずっと独身を通して、今年八十二歳になる母親を見送ってからは一人暮し。

「仕事してる方が性に合っててね」

と、君江は言った。「お宅は息子さん、中学生だっけ」

「来年高校受験さ。クリスマスどころじゃないと思うんだが、そこは友だちとの付合いだとか一人前のこと言ってね。明日から冬休みに入るんで、スキーに行くって」

「あら、骨折しないようにね」

「そうなんだ」

と、大谷は顔をしかめて、「女房もずいぶんやかましく言ったんだが、何しろ今の子は親の言うことなんか、聞きやしない」

「子供がいなくて幸いだったわ」

と、君江は笑って言った。

「じゃ、お先に」

「お疲れさま」

チラッと時計に目をやると、十時を少し回っていた。

ショッピングモールとして、大いににぎわう〈Mモール〉だが、午後九時に閉店だから、さすがに十時となると静かである。

唯一、レストラン街は十一時まで開いているので、受付としての君江の仕事が終ったわけではないが、十時をラストオーダーにしているから、新しく入って来る客はいない。

レストランの従業員が片付けを終えて帰るのが大体午前〇時。

君江の仕事も、そこで終る。

「ああ……」

君江は欠伸《あくび》をした。

〈Mモール〉の受付は、ビルの入口からエスカレーターで一階上った所にある。

にぎわっている開店時は二人が座っているが、午後七時からは一人になる。

その通称「夜番《よばん》」は、本当は交替制だが、若い子たちは十二月ともなると自分の約束も多い。安田君江が引き受けることが続くのである。

うーん、と伸びをして、こった肩をほぐすように首を左右へかしげていると、エスカレーターを誰かが上って来た。

赤いコートの、三十代半ばくらいの女性だ。

「いらっしゃいませ」

と、君江は立ち上って言った。

「レストラン街へ行きたいんだけど、まだ大丈夫？」

裕福そうな奥さんという感じの女性である。

「ご予約かお約束ですか？」

と、君江は訊《き》いた。

「いいえ、これからなの」

「でしたら、申し訳ございません。十時で終らせていただいておりまして……」

「あら残念だわ」

と、その女性はカウンターに肘《ひじ》をのせて、

「まだ数分のことでしょ。何とかならない？」

「大変申し訳ございません。ぜひまたのお越しを」

客の気を悪くさせずに、しかしはっきり断るのが、君江の役割である。

むろん、どう言っても怒り出す客はいる。しかし、この女性客は意外にアッサリと、

「じゃ、出直すわ」

と微笑んで、引き返して行った。

「恐れ入ります。お待ち申し上げております」

その後ろ姿へ、君江は声をかけた。女性客の姿は下りのエスカレーターへと消えた。

「良かった……」

と、君江は呟《つぶや》いた。

感じのいい女性だ。お金持にも、気持に余裕があって、決して無理を言わない人と、何でも思い通りになると思っている人がいる。

わがままを通すことに慣れている人は、厄介な客である。特別扱いされるのが当然と思っているからだ。

でも今の客は……。

「どこかで会ったかしら？」

と、君江は呟《つぶや》いた。

顔に何だか見憶えがあるような気がしたのである。――しかし、あの年ごろで裕福な知り合いなど、どう考えても存在しない。

他人の空似かしらね、と思った。

――レストラン街の閉店時間、十一時までには、もう誰も来なかった。

帰って行く客に、

「ありがとうございました」

と、くり返す。

やっと十一時……。

やれやれ、と息をつくと、エスカレーターを上って来る男女の姿が……。

まさかこれからってことはないわよね、と君江は思った。

「――いらっしゃいませ」

と、一応にこやかに声をかける。「どちらにご用でしょうか」

スラリとした粋な感じの男性と、少し若いが、華やかな印象の女性。夫婦だろうか。

夫婦じゃないわ、きっと。君江はそう思った。

夫婦にしては生活感がない。

「フレンチの〈Q〉ってお店は何階？」

と、女性の方が訊いた。

「恐れ入ります。レストラン街は十一時で閉店となっておりまして」

と、君江が言ったところへ、受付の電話が鳴った。

「出てみて」

と、その女性が言った。

「はあ……。——もしもし」

「あ、安田さん？〈Q〉の永辻《ながつじ》だけど」

レストラン〈Q〉のオーナーシェフである。

「今野《こんの》さんってお客がご夫婦でみえると思うんだけど」

「ちょっと待って」

君江は受話器を離して、「今野様でいらっしゃいますか？」

「ええ、今野夫妻よ」

「お待ち下さい。——あ、今ここにおみえですけど」

「じゃ、こっちへ上っていただいてくれ」

「でも——いいんですか？」

「そのお二人はうちの命の恩人なんだ。閉めた後に特別メニューを出すことにしててね。前もって言わなくてすまない」

「いいえ。じゃ、上っていただきます」

受話器を戻して、「失礼いたしました。十一階へお上り下さい」

「ありがとう」

その女性の笑顔はなかなかチャーミングだった。——「命の恩人」？　どういうわけだろう。

君江の好奇心が刺激された。

自動扉を抜けて行こうとして、男性の方が振り向くと、

「あなたの勤務に支障がありますか?」

と君江に訊いた。

「いいえ。十二時ごろまではおります。それに、少々延びましても問題ありません」

「それなら良かった」

と、微笑んで行きかけたが、「――そのカウンター」

「は?」

「床の大理石に、カウンターの張り出した部分の裏側が映ってる」

男はカウンターの方へ素早く歩み寄ると、膝をついてカウンターの裏を下から覗《のぞ》いた。

「あの、何か……」

君江が面食らっていると、

「あなた、どうしたの?」

と、女性が戻って来た。

「危いぞ。ここを離れろ!」

鋭い声で言うと、「エスカレーターを下へ!」

女性の方は何も言わずにエスカレーターへと駆けて行く。

「あなたも早く!」

「でも――」

「これは爆弾だ! 急いで!」

「爆弾?」

あわてふためいて、君江は椅子をけとばしながらカウンターから出た。

「でも、一一〇番を――」

「いつ爆発するか分らない! 逃げて!」

男は君江の軽いとは言えない体を「やっ!」と抱え上げて、エスカレーターを飛ぶような勢いで駆け下りた。

「あわわ……」

何が起っているのか、君江にはさっぱり分らない。一階へ下りると、床へ投げ出されるように伏せた。

その瞬間、受付のカウンターで爆発が起った。轟音《ごうおん》が吹き抜けのロビーに響き渡って、それから色んな破片がバラバラとロビーに降って来た。

「頭をかばって! 顔を上げるな!」

言われなくても、とても顔など上げられない!

「――もう大丈夫。けがは？」

「はあ……。何とも……ないらしいです」

と、君江はフラつきながら立ち上ると、エスカレーターの上の方で黒い煙が上り、受付のカウンターが消えてなくなっているのを見て愕然《がくぜん》とした……。


「どういうこと？」

と、今野真弓《まゆみ》は立ち上って言った。

一緒の男性は、むろん亭主の今野淳一《じゅんいち》である。

「どうやら〈受付〉に恨みのある人間のしわざだな」

淳一は服の埃《ほこり》を手ではたいて、「あなたは――〈安田〉さん？」

と、君江の胸のプレートを見て言った。

「はい。安田君江と申します。爆弾がどうして……」

「さあね。外へ出っ張った裏に貼り付けてあった。初めからカウンターを破壊したかったか、あるいは、受付に座っている人を狙ったかでしょうな」

「私を？　――私なんか、爆弾で殺そうなんて奴、いませんよ」

「とにかく、通報して下さい。一一〇番へ」

「分りました。でも……ケータイはバッグの中で、たぶん吹っ飛んでしまってると思います」

「私が連絡するわ」

と、真弓は言った。

「家内は刑事でしてね」

「はあ……。私、命拾いしたんですね！」

今になって、君江は真青になっていた。

「でも……私、人に恨まれる覚えなんてありません！」

「すると……」

と、淳一は首を振って、「犯人は〈受付〉に恨みを抱いてる人間かもしれませんね……」

と、真面目くさって言ったのだった。

「どうしたんだ、一体？」

保安部長の大谷が駆けつけて来たのは、夜中の一時ごろだった。

「ごめんなさいね。せっかく帰宅したのに」

と、安田君江は言った。

「そんなことはいいんだ。保安部長の僕がのんびり寝てられやしないよ」

大谷は、無残に破壊された〈受付〉のカウンターを見て、息をのんだ。

「これは一体……」

「爆弾らしいの」

「爆弾？」

大谷は青くなった。「この〈Mモール〉に爆弾が？」

〈受付〉の辺りはもちろん、破片《はへん》の飛び散ったロビーも、今は警察の人間が大勢動き回っている。

「エスカレーターも、破片が落ちてるんで止めたわ」

「うん……。しかし、どうして……」

「私にもさっぱりよ」

と、君江は首を振った。「私だって、あのお二人がいらっしゃらなければ、今ごろあの世かも」

君江は、大谷に状況を説明した。

「――そうか」

大谷は肯いて、「じゃ、君は九死に一生を得たってことだね」

「ええ、そうなの」

「で、助けてくれたご夫婦は？」

「ええ……。この上の〈Q〉でお食事中よ」

「こんな時に？」

大谷が目を丸くした……。

「おいしいわ、このムニエル！」

と、真弓が声を上げた。

「そいつはどうも」

カウンターの向うで、シェフが嬉しそうに笑った。「名刑事さんにほめていただけて光栄ですよ」

「まあ、名刑事だなんて」

と、真弓は微笑んで、「シェフって本当に正直な人ね」

隣の今野淳一が笑いをかみ殺している。

「――それにしても、ここに爆弾を仕掛けるなんてね」

フレンチの人気店〈Q〉のオーナーシェフ、永辻は首を振って、「ひどい奴もあるもんです」

「人を狙った犯行かどうか」

と、淳一は言った。「この〈Mモール〉へのいやがらせなら、客のいる時間にやりそうだが……。まあ、そこまでやる気はなかったのかな」

「ともかく、爆弾を調べてみれば何か分るわよ」

と、真弓は言った。「おいしかった！　これで終り？」

「いやいや、この後が、私の自慢の一品ですよ。子牛の肉を、ここまで旨《うま》く仕上げる人間は、自分で言うのも何ですが、東京広しと言えども三人とはいないでしょう」

永辻はまだ三十八歳。しかし、料理の世界は若くして腕を上げる者も多いので、そう珍しくはない。

「でも、良かったわ。安田さんが助かって」

と、カウンターの隅の方でソースを作っている女性が言った。「ね、あなた」

「ああ。いい人だからな、安田さんは」

「本当に今野さんは人助けをされて……。すばらしいですね」

永辻の妻、歩美《あゆみ》は、少し夫より年下だが、小柄で地味な印象なので、むしろ年上に見える。

「それが警察の仕事ですもの」

と、真弓は言った。「いい刑事はね、危険を察知する能力を持ってるのよ」

爆弾を見付けたのは淳一なのだが……。真弓に言わせれば、「夫婦は一心同体だから、いいの！」ということになるだろう。

「実直な仕事をする人のようだね」

と、淳一は言った。

「そうですよ。本当は『夜番』は交替なのに、たいていあの人が一人でやってます」

と、歩美が言った。

淳一と真弓も、「夜番」の意味は安田君江から聞いていた。

「ワイン、もう一杯、いかがです?」

と、永辻が訊く。

「そう?　じゃ遠慮なく」

「赤がいいですね」

二人が確かに絶品の子牛肉を味わっていると誰かが入って来た。

「ああ、大谷さん」

「やあ。――こちらが今野さんですか」

大谷は保安部長と名のって、「安田さんを助けて下さって本当にどうも……」

「まあ、たまたまですよ」

と、淳一が言った。「後は警察に任せれば」

「はい。ですが、私どももできるだけお力になりたいと――」

「当然です」

と、真弓が言った。「あの受付を撮ってるカメラは?」

「ええ、ありますす。ただ、斜め上からですので、来訪者の顔まではよく分りません」

「問題は、あの爆弾がいつ仕掛けられたか、です」

と、淳一は言った。「破片を集めて調べれば、ある程度は範囲が絞れるかもしれないが……」

「あんな所、まず誰も見ないものね」

と、真弓は肯いて、「でも、いくら何でも五時間も六時間も前にセットしないんじゃない？」

「うん。爆発からさかのぼって何時間かの来訪者を見て、それらしい手の動きをしていないか、チェックすることですね」

淳一の言葉に、大谷は肯いて、

「録画したテープを用意しておきます」

「大谷さん、明日は閉めるのかい？」

と、永辻が訊いた。

「いや、そういうわけには……。上司と相談して、一、二階の間は非常階段を使ってもらおうかと思っています。エスカレーターも点検の必要があるしね」

「それはそうだな」

「急に閉めたりしたら、苦情が殺到するよ」

と、大谷は言った。「特に〈F学園〉の先生や生徒さんたちは……」

「ああ、そうだね」

「〈F学園〉って？」

と、真弓が訊く。

「カルチャースクールです。この〈Mモール〉の九、十階に入ってるんで」

「ああ、そういえば案内板にあったわ」

「八階までは細かい店が沢山入ってるんで、入れ替りがあって大変なんです。でも、〈F学園〉は二フロア貸切りですから安定していますしね」

「パンフレットあります？　私、茶道《さどう》をやりたいの」

真弓の言葉に、大谷は、

「もちろんです！　茶道も表、裏、いくつか教室がありますから、今持って来ましょう」

止める間もなく、大谷が出て行ってしまう。

淳一は、

「せっかちな人間には茶道は向いてないと思うけどな」

と言った。

「誰がせっかち？」

本気で訊いているのが真弓らしいところである。

大谷が持って来たパンフレットを、真弓が熱心に眺めていると、

「失礼します……」

と、安田君江が入って来た。

「やあ、大丈夫ですか」

と、淳一が言った。

「はい……。ショックは受けてますけど」

「それは当然ですよ」

「でも、本当にあのとき助けていただかなかったら、今ごろは命がなかったんだと思って、改めてゾッとします」

「本当は誰が〈夜番〉だったの？」

と、永辻歩美が訊いた。

「え？——ああ、七重《ななえ》ちゃん。加藤《かとう》七重」

「あの子ね。デートだったのね、きっと」

「何しろもてるからね。クリスマス前だし」

「そんなにもてるのか、あの子？」

と、大谷が意外そうに、「確かに可愛いけど……」

「見る目がないわね、大谷さん」

と、歩美が笑って、「美人っていうわけじゃないけど、愛嬌があるって言うか……。そう、キュートって言うの？　それも古いか」

「そうそう。男好きがするって言うのね」

と、君江が言った。「何しろ、恋人の話をしょっ中聞かされるけど、『この前、背の高い人だって言ってなかった？』とか訊くと、『あ、それとは別の人なんです』って言うの。いつも『別の人』なのよ。びっくりだわ」

「もてる、ってことは、捨てられる男もいるってことですね」

と、真弓は言った。「もしかして、その恨みで爆弾を……」

「まあ！　そんなこと、考えもしませんでした」

と、君江は目を丸くして、「男を振ってもいないのに殺されたら、それこそ救われませんね！」

その呑気《のんき》な発言に、居合せたみんなが笑い出した。

とても「爆弾が爆発した場所」とは思えない雰囲気だった……。

2　別れ話

〈Mモール〉のビルに入って、戸畑佳苗は足を止めた。

受付へ上るエスカレーターの手前にロープが張られて、警官が立っている。人だかりもしていて、いつもと違う雰囲気である。

「──あ、戸畑先生」

と、声をかけて来たのは、受付の加藤七重だった。「おはようございます」

おはよう、と言っても、もう午後二時である。

「何かあったの?」

と、戸畑佳苗は訊いた。

「TVのニュース、見ませんでした? ゆうべ爆発があって」

「爆発? ガス洩《も》れでもしてたの?」

「いいえ! 爆弾です」

「まあ……。でも、どうして?」

「分りませんけど」

　と、加藤七重はちょっと眉を寄せて、

「誰かが受付のカウンターを爆破したかったみたいですよ」

「カウンターを？」

「ねえ、変な奴がいますね。世の中には」

　ちっとも自分に係りのあることと思っていない様子の七重に、佳苗はちょっと笑って、

「受付って、あなたの仕事場でしょ？」

「そうなんです。でも、〈受付〉なくなっちゃって、私、どうしよう」

　呑気な子だ。——確か二十七、八だったと思うが、どこか少女のようなあどけなさを持っていて、それでいて色っぽい。

「誰かけがしたの？」

「いいえ、ゆうべは安田さんが座ってたんですけど、幸い……」

「良かったわね」

「あ、それで、そのエスカレーター、点検中なので、エレベーターホールまで、すみませんがそっちの階段で」

「分ったわ。その案内してるの？」

「ええ。でも、刑事さんから色々訊かれました」

「でも、ゆうべいなかったんでしょ?」

「本当は私が座ってるはずだったんです。それで、『恨まれる覚えは?』とか訊かれて」

「へえ。あなたの振った相手とか?」

「刑事さんもそう言うんです。でも、まさかねえ。——そんなこと言ってたら、限りなくいますよ」

大真面目に言うからおかしい。

「大体、男女が別れるって、どっちが振るとか振られるじゃなくて、お互いうまくいかなくなるんじゃないですか?」

「そう? でも、やっぱり振られるってことはあるわよ。あなたは振る一方でしょうけどね」

と、佳苗は言った。「じゃ、行くわ」

「ご苦労さまです。——あ、水野さん」

佳苗はパッと振り向いた。

水野寿美子——いや、高柳寿美子がやって来たのだ。

「あ、どうも……」

と、いつに変らぬ曖昧《あいまい》な笑みを浮かべて、佳苗に会釈《えしゃく》する。

いつもこの笑顔に佳苗は苛々《いらいら》させられているのである。特に、今は……。

「七重さん、大変だったのね」

と、寿美子は言った。

「ええ、ご覧の通りで」

「けが人がなくて良かったわ」

と、寿美子はエスカレーターの方を見て、

「生徒さんたちも、びっくりするわね」

「問合せの電話がずいぶんかかってるみたいです」

と、七重は言った。「あの階段でお願いします」

「はいはい。――少し階段使った方が体にいいわよね」

と、寿美子は微笑んだ。

佳苗は、寿美子と一緒にエレベーターホールへと階段を上りながら、「爆発のとき、あなたがそばにいれば良かったのに」と、心の中で言っていた。

エレベーターに乗ると、

「新婚生活はいかが？」

と、佳苗が訊いた。

「そんな……。あの人も仕事で出張が多いので、ほとんど家にいなくて」

と寿美子は言った。

あの人、ね……。佳苗の胸が痛んだ。

高柳正治のことを「あの人」と呼べるのは私しかいない。——佳苗は半ば真剣にそう思っていたのだ。

高柳との間に何かあったわけではない。しかし、全く何もなかったわけではなく、二度食事を一緒にした。

もちろん、食事だけである。それも二人きりというわけではなかった。佳苗だって、それで「恋人」と呼べないことは分っていた。

それでも、高柳は佳苗に話しかけるとき、どこか「他の女性」とは違う視線を向けていた、と……。今思えば、それも佳苗の「気のせい」だったのだろう。

高柳正治は、〈R興業〉の専務である。事実上の社長とも言われていて、それにふさわしい「やり手」ということだった。

しかし、会っていると、そんな所は少しも感じられず、至っておっとりとした紳士である。

「特に何だか今、忙しそうで」

と、寿美子は言った。

「大変なお仕事ですものね」

「いえ、何かとても『貴重なもの』を日本へ持って来るんですって」

「それって……美術品とか？」

「さあ。極秘だそうで、私にも教えてくれないの」

「へえ……。そう言われると知りたくなるわね」

「でしょう？　でも、絶対に秘密だからって……。で、私もぼんやりしてるから、その内に忘れちゃうの」

〈F学園〉のフロアに着いた。

二人はまず事務室へ向う。

「――戸畑先生、生徒さんお二人、お休みの連絡が。高柳先生は予定通りです」

「ありがとう」

「私、ちょっと雑誌を見て行くわ」

と、佳苗は言って、一人ロビーに残った。

女性誌をパラパラめくりながら、今の寿美子の話が引っかかっていた。

とても「貴重なもの」って何だろう？

しかも、それほど秘密にしなければならないもの……。

もしかすると、それをきっかけにして、高柳をこの手に奪うことができるかもしれない、と佳苗は思っていた……。

エレベーターから降りて、大谷はハンカチで額の汗を拭《ぬぐ》った。

「どうかしたんですか？」

と、声をかけて来たのは、エレベーターホールに臨時に作られた〈受付〉に座っていた加藤七重だった。

「ああ、そこにいるんだったな。いつもと違う場所の居心地はどうだい？」

「狭いんです。臨時だから仕方ないけど」

と、七重はちょっと眉をひそめた。

この子が「もてる」のか。——大谷は、そう聞かされて、改めて七重を見直した。

「大谷さん、この寒いときに汗かいて、どうしたんですか？」

と、七重に訊かれて、

「ああ……。ゆうべの件でね。ここのお偉方に叱《しか》られてたのさ」

「え？　でも、大谷さんのせいじゃないじゃないですか」

と、大谷は言った。

「まあね。しかし、一応このビルの保安部長だ。何かあれば責任は僕にある」

「そうなんですか？　私、良かった、部長じゃなくて」

七重の素直な（？）発言に、大谷は笑ってしまった。

「あ、ケータイだ」

七重は受付の制服のブレザーのポケットからケータイを取り出すと、「もしもし」と、ちょっと脇の方を向いて話している。

本当なら、〈受付〉に座っている間は個人的な電話に出てはいけないのだが、七重はそんなこと、考えてもいないだろう。

「――え？　――そんなこと、今言わなくたって。――そんなの、自分勝手でしょ！」

どうやら彼氏ともめているらしい。彼氏の一人、と言うべきか。

「今はだめよ。――だって……。いいわ。じゃ、待ってて。――今、ロビー？　じゃ、〈医務室〉って矢印があるから、その辺にいて」

七重は通話を切ると、ちょっと咳払いして、

「あの……大谷さん。私、ちょっと〈受付〉を離れていいですか」

そう言いながら、もう立ち上って いる。

「ああ、少しぐらい大丈夫だろ」

「すみません！　すぐ戻ります」

七重は非常階段の方へと急いで姿を消した。

大谷は、ちょっとの間〈受付〉の前に立っていたが……。

ロビーの〈医務室〉の矢印か。

確かに、ちょっと死角になって客の目からは見えにくい場所である。むろん七重はちゃんと承知してのことだろう。

大谷は足早に非常階段をロビーへと下りて行った。

そうだ。俺は別に七重を追いかけてるわけじゃない。保安部長として、ロビーの安全を確認しようとしてるだけだ。

そしてたまたま〈医務室〉の矢印の辺りを通りかかる……。

奥へ入る角から覗くと、大谷はギクリとした。——七重が髪を金色に染めた若い男とキスしていたのだ。

しかし、七重の方は気のりしていなかったようで、

「もうやめて！」

と、男を押し戻した。「こんなことで、元に戻れないわよ」

「何だよ」

と、男の方は口を尖《とが》らして、「じゃ、ちょっと抜け出して、近くのホテルに行こうぜ」

「冗談やめて！　仕事中なのよ、私」

「いいじゃねえか」

　と、男はニヤニヤして、七重のお尻をなでると、「いつもベッドじゃ夢中になってしがみついて来たくせに」

　すると七重は相手の手をバッと払って、

「うぬぼれないで！」

　と、にらみつけた。「その時はその時。あんなもん、感じたふりするのなんて簡単だよ」

「お前――」

「とっとと帰って！　もうあんたとはこれっきり」

　ポンと男の胸を押す。男は唖然《あぜん》としてよろけたが、

「おい！　待て！」

　と、さっさと行きかける七重の腕をつかんで、「俺のことを馬鹿にしやがったな！」

「何すんのよ！　痛いでしょ」

「もっと痛い目にあわせてやる！」

　と言うなり、平手で七重の頬《ほお》を叩いた。

「何よ！　人呼ぶわよ！」

「呼んでみろ！　誰も来やしない」

大谷は大股に出て行くと、

「女の子に何するんだ」

と言った。

「何だ。てめえ？」

「ここの保安部長だ」

「引っ込んでろ！」

「そうはいかん」

大谷はその男の手首をつかんでねじ上げた。

「いてえ！　やめろ！」

と、たちまち悲鳴を上げて、「――分った！　分ったから、やめて！」

大谷が手を放すと、男は床に這《は》いつくばって、あわてて立ち上ると、逃げて行ってしまった。

「情けない奴だ」

と、大谷も正直呆《あき》れていた。「大丈夫か？」

「ええ……」

七重は頬をそっとさすって、「力ないんだもん、あいつ」

「たぶん、あんまり痛い思いってのを、したことがないんだろうな」

「きっとね」

　七重は肯いて、「――大谷さん、ありがとう」

「いや、一応これでも保安部長だからな」

「すてきよ」

　と言うと、七重は背伸びして大谷の頬にサッと唇をつけ、「受付に戻ります!」

　と、駆けて行った。

　大谷の胸がときめいた。――馬鹿げているとは思ったが、七重の笑顔を見て、胸が痛いほどしめつけられたのだ。

　七重……。七重か……。

　あのだらしのない若者が、七重をホテルで抱いていたのだと思うと、大谷は長いこと忘れていた感情――嫉妬《しっと》がふくれ上ってくるのを覚えた。

「しっかりしろ!」

　と、大谷は口に出して言った。「どうしちまったんだ!」

　深呼吸して、ロビーへ出る。

　俺には仕事がある。そうだとも。

「どうも。――いらっしゃいませ」

　大谷は客に愛想をふりまいた……。

ケータイが鳴った。

「――もしもし」

「大谷さん、ありがとう」

七重だった。

「ああ、何だい、わざわざ」

「ちゃんとお礼言わなきゃ、と思って」

「さっき言ってくれたろ」

「大谷さん、あそこに偶然いたの？」

いきなり問われて、詰った。

「それは……」

「私のこと、心配してくれて？」

「まあ……ね」

「ここに戻ってから気が付いて。――ありがとう。私みたいないい加減でちゃらんぽらんな女の子のこと、心配してくれて」

「いや、そんなことはないよ」

「ううん、そうなの。仕事中に、あんな男の子と会ってたり。――安田さんに叱られるところね」

「君はそのままでいいんだ」

と、大谷は言った。「充分に職場を明るくしてるよ」

七重は笑って、

「それって、私、馬鹿みたい」

「そういう意味じゃない」

「分ってるけど。――大谷さん、お父さんみたいだ」

「僕が？」

「お礼は、食事、おごらせて。ね？」

「いや、そんな――」

「大丈夫。奥さんに心配かけるようなことしないから。本当よ」

「分ったよ」

「良かった！　じゃ、明日の夜？」

「明日……か。まあ、特に予定はないが」

「じゃ、決り！　お店、任せてね」

「ああ……」

「あ、お客さんだ。――はい」

切れた。大谷は、何だかぼんやりしてロビーの真中に立ち尽くしていた。

今の電話、本当にかかって来たのかな？

着信記録を見て、覚えのないケータイ番号が表示されているので、やはり本当なのだと思った。

明日……。もちろん、七重にとって、俺は「お父さん」なのだ。「男」ではない。

そう思うことは、安心でもあったが、同時に少し残念でもあった……。

3　オペラの夜

「佳苗じゃない」

ポンと肩を叩かれて振り向くと、自分の倍以上も幅のある女性が立っていた。

「ああ、しのぶ」

と、戸畑佳苗は微笑んで、「ミラノから戻ったの？」

「先月ね」

山並《やまなみ》しのぶはソプラノ歌手。この堂々たる体で、欧米の歌手に負けない声を出す。

「相変らず細いわね、佳苗。風が吹いたら飛んで行きそう」

「オーバーね」

と、佳苗は笑った。

オペラ公演の夜。今は休憩時間で、佳苗はロビーに出て来ていた。

「どうも、先生」

と、佳苗に挨拶して行く関係者も少なくない。

「佳苗、今は結構有名なんですってね」

と、山並しのぶは言った。

「別に、有名ってわけじゃ……。時々TVに出たりするからね」

「『先生』じゃない。大したもんだわ」

と、しのぶは言った。「シャンパン一杯、どう？」

「そうね」

――戸畑佳苗は、休憩時間にあまりアルコールは飲まない。やはり「仕事」として見ているので、眠くなるのが心配である。

しかし、ここはしのぶの誘いで、断るわけにもいかなかった。

「私、白ワインにするわ」

と、しのぶが言って、結局佳苗も、

「同じでいいわ」

と言ってしまった。

「ここは私のおごり」

と、しのぶからグラスを渡されて、

「悪いわ、そんな……」

「お詫《わ》びのしるしよ」

「連絡するのが面倒で、言ってなかったけど、私、結婚したの」

佳苗も突然聞かされて、

「そう！　それは……良かったわね」

内心、「よく相手が見付かったわね」と言いそうになっていた。何しろ、しのぶは欧米でも堂々と見える体つきだ。

「相手は——歌手の方？」

「指揮者なの」

「そうか。——イタリア人？」

と、佳苗は訊いた。

「今日振ってるわ」

しのぶの言葉に、佳苗は目を丸くして、

「田ノ倉《たのくら》さんと？　まあ！」

と言ったきり、「おめでとう」も出て来なかった。

田ノ倉靖《やすし》は、日本の指揮界の大物である。

ヨーロッパでも度々指揮している。

むろん、これからキャリアを伸して行こうとする山並しのぶとしては、いい結婚相手だろう。ただ――。

「田ノ倉さん……いくつだっけ」

と、佳苗はやっと口を開いた。

「六十八。でも元気よ」

「うん。ともかく――おめでとう」

「ありがとう。一度遊びに来て。今、この近くのマンションに住んでるの」

「じゃ、ずっと日本?」

「いいえ。仕事があるから、パリと東京と半々ね。まだ内緒だけど、フランスのオーケストラの音楽監督に決ってるの」

「すばらしいわね」

――佳苗は、しのぶが軽々と白ワインのグラスを空にするのを見て、自分がほとんど口もつけていないことを思い出した。

「私、ちょっと楽屋に行くわ」

と、しのぶが言った。「終ってから楽屋に来て。主人のこと、知ってるでしょ」

「インタビューさせていただいて……」

「じゃ、ぜひね」

しのぶが大きな体を揺するようにして、行ってしまうと、佳苗はやっと白ワインを飲んだ。

――戸畑佳苗も、かつてオペラ歌手をめざしたことがある。山並しのぶとは音大の声楽科で一緒だった。

しかし、もともと圧倒的な「声」を持っていたしのぶは、学生の間にイタリアへ渡り、向うでオペラの舞台に立った。

佳苗は早々に諦めて、音楽史の研究の方へ回り、大学を出てからは、見た目の華やかさで、イベントやトークショーの司会をやったりして、やがてTVに出るようになった。

確かに今は「先生」とも呼ばれる身だが、メゾソプラノ歌手をめざしていたころ、雑木林を抜けて通っていた自分の姿を思い出してしまうのだった……。

「戸畑さん」

呼ばれて振り向くと、

「――ああ！　永辻さんね。いつものコックの格好じゃないから」

〈Mモール〉の最上階のフレンチレストラン、〈Q〉の永辻である。

「今日は定休日なのでね」

と、永辻が言った。「ああ、女房も一緒でね」

永辻が手を振ると、妻の歩美も洒落《しゃれ》たスーツでやって来た。

「あら、凄《すご》くいいわ」

と、佳苗は言った。

「いつも戸畑さん、おっしゃってるでしょ。オペラは日常から一歩はみ出すチャンス、って」

と、歩美が言った。

「自分でそう言っといて、自分はいつもの仕事で来てるのよ」

と、佳苗は笑った。

「オペラも結局、歌手やオーケストラや美術のハーモニーだね」

と、永辻が言った。「料理の参考になるんだよ」

「それって素敵だわ」

と、佳苗は肯いた。「オペラに感動した後に何を食べるかって、大切なことよ」

「しかし、今日は色んな人に会うね」

と、永辻は歩美へ言った。

「本当ね。それだけ話題の公演なんでしょうけど」

「他にも誰か?」

「ああ、この間、ほら爆弾騒ぎがあっただろ?　あの爆弾を見付けてくれた今野さんってご夫婦がみえてる」

「話は聞いたわ。奥さんがとてもユニークな人だって」

「ああ。でもいいご夫婦だよ。まあ、刑事さんとしちゃ珍しいタイプだろうが」

「それとも一人。——ご夫婦だから二人ね。戸畑さんと同じ〈F学園〉の先生の……」

「そうそう。高柳っていったか。確か水野さんって名だったね。あの奥さん」

佳苗は思いがけない所で高柳の名を聞いて、一瞬表情を固くしたが、すぐに笑顔になって、「新婚ホヤホヤのお二人ね。ドイツ語の教室に来てたのよ、高柳さんって」

「そうらしいね」

と、永辻は肯いて、「うちにも食べにみえたよ、お二人で。まさか結婚するとは思ってなかったけど」

「私もよ……」

と、小声で言って、佳苗はロビーを見渡した。

「やあ、噂をすればだ」

と、永辻が手を振る。

淳一と真弓の二人が、シャンパンのグラスを手にやって来た。

「——私は、さっき音大時代の友だちとも会いましたわ」

と、佳苗は今野夫婦に紹介されてから、

「今日の指揮者と結婚したんですって。びっくりですわ」

「田ノ倉靖さんと？」

と、真弓が言った。

「ええ、そうなんです。彼女、まだ三十五なんですけど」

「私たち、田ノ倉さんのご招待で」

と、真弓は言った。

「お知り合いですか」

「いいえ。あちらが『ぜひご相談したいことがある』ということで。——終演後に楽屋へ伺《うかが》うことになってます」

「じゃ、ご一緒に。奥さんをご紹介しますわ」

と、佳苗は言った。「あ、始まりますね」

ロビーにチャイムの音が響いた。

「席に戻りましょ」

真弓はシャンパンを飲み干すと、「第二幕で居眠りしなきゃいいけど……」

と言った。

「じゃ、また後で……」

それぞれに席へと戻って行く。

「私だけね、一人なのは」

と、佳苗は呟《つぶや》いた。「仕事仕事……」

そして第二幕の幕が上ったのである……。

カーテンコールは十分ほど続いた。

歌手の中では、一番の人気のテノールが今ひとつ冴《さ》えない出来で、拍手はあったが、あまり盛り上らない。

主役のソプラノ歌手はまずまずの出来。ただ「聞かせどころ」のアリアで最高音を出さずに、下げてしまったので、ファンは肩すかしを食らった感じだった。

そして、最も拍手を浴びたのは新人のソプラノで、唯一のアリアをみごとに歌って、オペラファンの耳を捉えたのである。

「オペラ通の耳は厳しい……と」

戸畑佳苗は手もとのプログラムに、評を書くためのメモをしながら呟いた。

場内の明りが点《つ》いて、客が帰り始める。

佳苗も立ち上りながら、ふと気が付いた。

「妙ね……」

カーテンコールに、指揮者・田ノ倉靖が現われなかったのだ。考えられないことである。

オペラのカーテンコールでは、歌手が並んで拍手を受けると、次に主役のソプラノ歌手が袖へ指揮者を迎えに行く。そして指揮者は登場すると、ピットの中のオーケストラを立たせて、客席の拍手を受けさせるのだ。

しかし、確かに今日、田ノ倉は現われなかった……。

楽屋へ入るドアは、前にガードマンが立っている。ホールの人間がそばにいて、中へ入れていいかどうか判断するのだ。

もちろん、佳苗は顔なじみである。

「あ、先生。どうぞ」

「今日は大勢来てる？」

と、佳苗は訊いた。

「いえ、今日は一般のファンの方はお断りということで」

「あら」

「もちろん、先生のことは山並さんから伺っています」

「どうも」

佳苗は重いドアを開けて中へ入った。

確かに、いつもなら熱心なファンがそれぞれごひいきの歌手の楽屋に列を作っているのだが、今日はほとんど見当らない。

〈田ノ倉様〉という札の入ったドアの前に、ガードマンが立っていて、佳苗は戸惑った。

「田ノ倉さんに。——戸畑佳苗ですけど」

「お待ち下さい」

ガードマンがドアをノックして、細く開けると、「戸畑さんとおっしゃる方が」

「ああ、佳苗」

山並しのぶが顔を出し、「いいのよ。入って」

とドアを広く開けた。

「何かあったの？」

と言いながら楽屋へ入って、佳苗はびっくりした。あの今野刑事の夫婦はともかく、シェフの永辻と歩美、そして高柳と寿美子もいたのだ。

当の田ノ倉はタオルで汗を拭きながら、椅子にかけていた。

「あなた。戸畑佳苗さん」

「ああ、憶えてる。インタビューに来たね」

と、田ノ倉は肯いた。

「その節は……」

「しのぶの同級生だったって？　道理で歌手のことに詳しいと思ったよ」

「しのぶさんからご結婚のことを伺ってびっくりしました」

「まあ……そういうことになってね」

と、田ノ倉はしのぶの手を取ると、「長生きしなきゃ、と思ったんだ。殺されるわけにはいかない」

佳苗は目を丸くした。

「それって、どういうことですか？」

「この人を殺すという予告の手紙が来ているの」

と、しのぶが言った。「この人は本気にしてないけど、私は心配だわ」

「本気にしていないわけじゃないよ」

と、田ノ倉は言った。「しかし、どう脅されたところで、私はオーケストラの前に立たなければならないんだ。逃げることはできないんだよ」

「いいわよ。私があなたの前に立つから」

と、しのぶは言った。「私の体でスッポリ隠れるでしょ」

「しのぶったら……」

と、佳苗は苦笑した。

「そのために私がここに来ているんです」

と、真弓が言った。「予告の手紙はどこです?」

「ない」

と、田ノ倉は言った。「捨ててしまった」

「そんな……」

「この人、カッとなると先のことなんか考えないの。『ふざけた奴だ!』って怒って、ビリビリ破って、丸めてポイと……」

「一度ではなかったんでしょう?」

と、淳一が訊いた。

「少なくとも三度は」

と、しのぶが肯いて、「三度ともビリビリ……」

「どういう予告だったんですか?」

真弓は仕方なく訊いた。

「〈指揮者は指揮台で死ねば本望だろう。その望みを近々叶えてやる〉……。そんな文章だったと思います」

と、しのぶが言って、「ね、あなた?」

「よく憶えとらんよ。そんなものを憶えるくらいなら、オペラのスコアを憶える」

田ノ倉は立ち上って、「心配かけて申し訳ない。――私は、汗をかいているので、シャワーを浴びて来る。その後、遅い食事に行くから、ぜひ一緒に」

田ノ倉は大声で、

「大山《おおやま》！　どこだ！」

と怒鳴った。

「凄い声ですね」

と、永辻が言った。

「いつもオーケストラを怒鳴りつけてますから」

しのぶの言葉に、みんなが肯く。

「大山さんというのは？」

「主人のマネージャーです。いつも叱られてばかりで……」

ドアが開いて、

「すみません！」

と、大学生ぐらいにしか見えない、ジャンパーとパンツ姿の若い女性が飛び込んで来た。

「何をしてたんだ！　ステージの袖にもおらんで」

「すみません。ちょっと午後からお腹《なか》を下してまして……。トイレに何度も……」

と、口ごもりながらメガネが落ちそうになるのを直している。

「どこか、レストランを予約しとけ。ここの全員だ」

「全員……」

「当り前だ。早くしろ！」

「はい！」

「我々はお邪魔では……」

と、高柳が言うと、

「いいえ。この人が言ってるんだから、お付合してやって下さいな」

「分りました」

田ノ倉は奥のシャワールームへ消えて、淳一は、

「では、みんな楽屋の出口の辺りにいましょう」

と、真弓の肩を抱いて言った。

廊下へ出ると、マネージャーの女性が立っていた。

「大山令子《れいこ》と申します」

と、ペコンと頭を下げて、「まだ田ノ倉様を担当して一年にしかなりませんので」

「ご苦労さん」

と、永辻が笑って、「芸術家は気紛《きまぐ》れだからね。レストラン、予約できたのかな？」

「いえ、あの……人数がはっきり分らなくて……」

「よし、予約は僕が入れてあげよう」

と、永辻が言った。「知ってるシェフの店がこの辺りにいくつかある」

「恐れ入ります！」

大山令子はハンカチで汗を拭いていた。「では私、車の手配を――」

「タクシーだと二台、いや三台いるね」

と、高柳が言った。

「何しろしのぶがいますから」

と、佳苗が言ったので、みんなが笑った。

大山令子は無線タクシーを手配して、ホッと一息ついた。その間に永辻はレストランを決めて電話を入れていた。

「ちょうど、田ノ倉さんと奥さんが中に残ってらっしゃるので」

と、真弓は言った。「皆さんは田ノ倉さんとどういうお知り合いですか？」

「私は評論家ですから、インタビューを……」

と、佳苗が言った。「しのぶは音大時代の友人です」

「田ノ倉さんはうちの常連客ですわ」

と、永辻歩美が言った。

「私は、田ノ倉さんにお仕事を頼んだことがあります」

と、高柳が言った。「それと、家内は——」

「私のドイツ語のクラスに、しのぶさんが通っておられました」

と、寿美子が言った。「ドイツ語のオペラを歌うんだとおっしゃって。もう三年くらい前でしょうか」

「皆さん、田ノ倉さんを殺そうとしている人間の見当はつきませんか？」

と、真弓は訊いた。「ただ良く思っていないとか、その程度のことでもいいんです」

みんな顔を見合せたが、口を開く者はなかなかない。

高柳が咳払いをして、

「あれだけの地位にある人です。もちろん、嫌っている人、敵はいるでしょう。しかし、個人的に恨みを抱いている人となると……。私は仕事の上でお付合があっただけですから、私生活までは分りかねます」

「その点は私も同じですね」

と、永辻が言った。「ただ、常連客だというだけで」

「私も一度インタビューさせていただいただけです」

と、佳苗は言った。「個人的には全く……」

「そうですか」

真弓はちょっと顔をしかめて、「そうなると……マネージャーの大山さんはどうです？」

大山令子は急に訊かれてギョッとした様子で、

「私――私は、それは年中田ノ倉様に怒鳴られていますけど、殺そうなんて思ったことはありません」

「それはそうでしょう。あなた個人が、というのでなく、そういう人間を知らないか、ということです」

「あ、そういうことですか」

と、胸をなで下ろして、「びっくりしました。私が逮捕されるのかと……」

何だかとぼけた女性である。

「個人的に、ですね……。何しろああいう方ですから、喧嘩《けんか》は年中のことで、そういう点では、恨んでる方もあるかもしれません」

と、大山令子は言った。「でも……根はとてもやさしい、いい方なんです。それが分れば、みなさん、田ノ倉様のことを好きになって下さるのではと……」

「結構です」

真弓はため息をついた。まるで質問に答えていない。

「まあ、今ここでと言っても無理だ」

と、淳一が言った。「食事しながら、皆さんの話を伺うことにするさ」

「そうね。でも——あんまり期待できないわね」

と、真弓は小声で呟いた。

そこへ、ドア越しに、

「大山！　準備はできたのか！」

と、田ノ倉の声が響いて、

「はい！　できました！」

と、大山令子は飛び上らんばかりにして言ったのだった。

「——お待たせした」

と、田ノ倉はツイードの上着に替えて、「大山、指揮棒を見なかったか？」

「は……。先生のですか」

「他人の指揮棒に用があるわけないだろう」

「そうですね」

「もしかすると、オケピットの中に置き忘れたかな」

「見て来ます！」

と、駆け出そうするマネージャーを、

「ああ、行かなくていい」

と、田ノ倉が止めた。「どうせ、あの指揮棒は今一つ気に入らなかった。放っとけ」

「でも、ずっとお使いに——」

「今日、振り始めてすぐ、バランスが悪いことに気付いて、ほとんど使わなかった。どこかが削れたのかな」

「でも、持ってらっしゃるだけではすり減らないと思いますが」

「当り前だ。俺はビーバーじゃないぞ。指揮棒をかじったりせん。さ、飯だ！　どこを予約した？」

さっさと大股に歩を出す田ノ倉を、大山令子はあわてて追いかけた。

「ああいう人ですから」

と、妻のしのぶが苦笑して、「人のことを待ったりするのが嫌いなんです」

「しかし、面白い方だ」

と、淳一が言った。「たとえ嫌っても憎めない、というタイプですね」

「おっしゃる通りです。さ、皆さん、参りましょう」

と、しのぶが促《うなが》して、一同は楽屋口へと向ったのだった。

ちょうどそのころ……。

4　悪意の針

そのころ、田ノ倉とほぼ同年代の男が、劇場のオケピットにいた。

といって、指揮をしていたわけではない。

男の名は佐々山始《ささやまはじめ》。七十歳を目前にしていた。ピットは空っぽで、佐々山は一人、中を掃除していたのである。

「またガムをかんだ奴がいる」

と、佐々山は舌打ちして、「ちゃんと持って帰れってんだ」

床にそのまま吐き捨てているので、こびりついて、取るのが大変なのだ。

「畜生《ちくしょう》！　――えい！」

小さなナイフで、固まったガムをはぎ取る。ポンと取れればいいのだが、中にはしつこく残って、削り取らねばならないものもあるのだ。

「やった！」

今日はうまくポコッと外れた。「――今度、また言っとかねえとな」

起き上ると腰が痛んで、顔をしかめる。

「仕方ねえ。早いとこ、済ませて帰ろう……」

何かをけとばして、足を止め、チェロ奏者の椅子の下を覗くと……。

「何だ。――指揮棒じゃねえか」

と、拾い上げる。

あの指揮者。――何てったっけな。

「フン……。楽でいいよな。指揮者なんて。自分は何も弾かねえで、ただ棒を振ってりゃいいんだから。俺だってできら」

佐々山は指揮棒を右手に持つと、指揮者の位置に立って、

「こら、そこのヴァイオリン！　ちゃんと弾け！　トランペット、音が違うぞ！」

と言いながら、指揮棒を振り回した。「ラララー……。ダダン、ワーッ！」

幻のオーケストラを振っていた佐々山だが――。

「いてっ！」

と、声を上げて、指揮棒を取り落とした。

指揮棒がカラカラと音をたてて転がる。

「畜生！　――とげでも出てたのか？」

右手の中指の頭にボツンと血が浮んでいた。

「おお、いてえ……」

と、口に入れてなめると、「へっ、安物を使ってやがら」

と、肩をすくめ、

「早いとこ終らせて帰ろ」

掃除の続きを始めた。

適当でいいや。――どうせ明日は別の指揮者が入るんだ。

少しぐらい汚れてても分りゃしねえ……。うまい具合に、オーケストラピットは薄暗い。少々埃《ほこり》が落ちていたって、誰も気が付かないだろう。

「これで終りだ」

まだ床の三分の一は掃除していなかったが、佐々山は放っておくことにした。

明日は他の人間が掃除に入る。そいつに埃を残しといてやろう。

佐々山はピットを出て、楽屋へ続く廊下を、欠伸《あくび》しながら歩いて行ったが……。

「おっと！」

立てかけてあった、舞台のセットにぶつかってしまった。――何だ、おい、邪魔だぜ。

しかし、何だか妙だった。

普通なら、ちゃんとよけて通れるのに。しっかりそこにあるのが目に入っていたのに、ぶつかってしまったのだ。

「どうしちまったんだ？」

と、さらに歩いて行くと、体が左右へ揺れ始めた。

いや……。廊下がいやにクネクネと曲っているのだ。真直ぐに歩いて行くと、ぶつかってしまう。

「地震か？」

こんなことがあるのか？

——自分の方がどうかしている。

そう分ったのは、右の壁、左の壁と何度もぶつかってからである。

それはひどく酔っ払った時の状態と似ていたが、しかし、どこか違っていた。

そして、佐々山は床にペタッと座り込んだ。「おい……。どうなってるんだ？——どうして明りを消すんだ？　——おい！　誰か、明りを点けてくれ！　誰か……」

明りは消えていなかったのだ。寒々とした廊下に、佐々山はゆっくりと倒れた。

他の誰かが手抜きしたせいで、廊下も埃でザラついていた。しかし、もう佐々山には文句を言うことも、汚れた廊下を嘆《なげ》くこともできない。

佐々山はもう死んでいたのだから……。

「いかがでございますか？」

と、店のオーナーがやって来て、田ノ倉に訊いた。

田ノ倉を始め、妻のしのぶ、マネージャーの大山令子、淳一と真弓、永辻夫妻、高柳夫妻、そして戸畑佳苗……。全員がパスタを食べ始めたところだった。

「とてもおいしいわ」

と、しのぶが言ったが、店のオーナーが意見を求めているのは、名指揮者、田ノ倉靖だったのである。

田ノ倉はワインを一口飲むと、オーナーの方へ、

「悪くない」

と言った。

「これは、主人の最高の褒め言葉です」

と、しのぶが注釈を付けた。

オーナーはホッとした様子だった。

「どうもお邪魔いたしました」

と、オーナーは一礼してさがって行った。

「何だ」

と、よく通る声がした。「ヘボ指揮者が、味なんか分らねえくせに——」

テーブルの一同は、ちょっと顔を見合せたのだった……。

「ちょっと」

と、まず声を上げたのは、山並しのぶだった。「今言ったのは、田ノ倉のこと?」

何しろしのぶはソプラノ歌手である。声は店中に響き渡る。

「やめなさい」

と、田ノ倉が言った。「酔っ払いの言うことだ。放っておけ」

「でも、あなた……」

と、しのぶが眉をひそめて、「失礼だわ」

「まあ」

と、戸畑佳苗が言った。「杉戸《すぎと》さんね」

そのテーブルの男が振り向くと、

「君か。——このところ、売れてるね」

「こういうお店で、そこまで酔うほど飲むもんじゃない」

と、永辻が言った。「それはマナーというものですよ」

「大きなお世話だ」

と、男は言い返した。「ちゃんと金を払って飲むんだ。何が悪い」

「自分で払うんですか？　それとも交際費ですかな」

と、淳一が言った。「確かK新聞の文化部で、音楽評を書いておられましたね」

「思い出した」

と、しのぶが言った。「例のとんでもないコンサート評で有名になった人だわ」

「フン、あんた、山並しのぶだな」

と、杉戸という男は、少しすわった目つきでしのぶを見ると、

「知ってるぞ。そのヘボ指揮者と結婚したって？　ベッドを壊さないように気を付けることった」

真弓がサッと立ち上ると、杉戸のテーブルへタッタッと歩み寄り、半分ほど入っていたワイングラスを手にして、杉戸の頭へと注いだ。

「おい！　何しやがる！」

と、杉戸が立ち上る。

「苦情があるなら、警視庁の方へ」

と、真弓は警察手帳を見せて、「私としては、殴り合いになるのを未然に防いだだけです」

杉戸は真赤な顔で真弓をにらんでいたが、店のオーナーが、

「代金は結構ですから、お引き取りを」

と言うと、椅子をけとばして店から出て行ってしまった。

「お騒がせしました」

と、真弓が店の中を見回すと、一斉に拍手が起った。

「――ありがとうございました」

と、しのぶが言った。「今野さん……でしたか」

「真弓と呼んで下さいな」

と、しのぶが笑った。

「真弓さん、胸がスッとしましたわ」

「ところで、その『とんでもないコンサート評』とは何のことです？」

と、淳一が訊いた。

「それは……」

「私、同業者ですけど」

と、戸畑佳苗が言った。「あれは恥ずかしい限りでした」

「というと？」

「田ノ倉さんがイギリスのオーケストラを指揮されたコンサートだったんですけど、私は九州の方の音楽祭の取材に行ってて、聴けませんでした。――その三日後のK新聞に杉戸さんがコンサート評を載せていたんですが、私、その日、九州で杉戸さんを見かけてたんです。東京でのコンサートが聴けるわけないのに、と首をかしげました」

「すると、聴かずに書いた、ということですか」

「ええ、そうとしか思えません。しかも評はかなり悪口で……。杉戸さんは一度田ノ倉さんに取材を申し込んで断られたのを根に持っていたんです」

「三日前に突然インタビューを、と言われても、都合がつかないです！」

　と、大山令子が言った。「それなのに、自分はK新聞の人間だ、と言って、とても横柄に、『うちのインタビューを断っていいんですか？』とか……。私、腹が立って」

「ところが、その批評の中で、杉戸さんは『田ノ倉靖のチャイコフスキーには、ロシアの魂が欠けている』と書いたんです」

　と、佳苗は言った。「でも、チャイコフスキーの交響曲第四番の予定だったその日のプロは、当日、シューベルトに変更になっていたんです」

「おやおや」

「この評が載ると、その日のコンサートを聴いた人から『これは聴かずに書いているとしか思えない』と、投書や電話が何十とあって、結局、K新聞は〈お詫び〉を載せて、杉戸さんは文化部から出されてしまったんです」

「それって当然でしょ」

と、真弓は呆れて、「それを逆恨みしてるんですか？　——分ったわ！　今回の脅迫状も、杉戸が出したのかもしれません」

「本当にそうだわ！」

と、令子が言った。「刑事さん、あの人を逮捕して下さい！」

「疑いだけでは逮捕できませんよ」

と、淳一は微笑んだ。

そのとき、しのぶが、

「あら、涼子《りょうこ》さん」

と、店に入って来た女性を見て手を振った。

「あ……。しのぶさん！」

「どうしたの？　一人？」

真弓たちのテーブルの方へやって来た女性を見て、

「ああ、今日喝采《かっさい》を浴びていたソプラノの方ですね」

と、淳一は言った。

「中谷《なかたに》涼子さんです」

と、しのぶが紹介した。「今日はすっかりあなたにさらわれちゃった」

「とんでもない！」

と、中谷涼子は頬を染めた。「田ノ倉先生に何と叱られるかと気が気じゃなくて……」

「今日はまああだったよ」

と、田ノ倉が言った。

「誰かと待ち合せ？」

と、しのぶが訊く。

「あ……。K新聞の杉戸さんという方が、話を聞きたいって……」

「その人なら、帰っちゃったわよ」

「え？　私、少し遅れるって連絡入れたんですけど……」

「それがね、ワインを頭で飲もうとして飲みそこなったの」

「頭で？」

「ともかく、もういないんだから、あなたもここに一緒に。――ちょっと！　席を一つ作って」

と、しのぶは店のオーナーを呼んで言った。

中谷涼子は、わけが分らない顔で、テーブルに加わった……。

真弓たちが食事を終えてレストランを出たのは、もう真夜中の十二時過ぎだった。

食べて飲んで、ずいぶんな支払いになったと思うが、田ノ倉が、

「私が招待したんですからな」

と言って、大山令子へ、「君のカードで払っておけ」

「はい」

中谷涼子は、

「申し訳ないですわ」

と、ためらったが、

「先生の好きなようにさせて」

と、しのぶに言われて納得した。

表に出たところで、真弓のケータイが鳴った。

「道田《みちだ》君だわ。こんな夜中に！」

と出ると、「もしもし。ちょっと時間を考えてかけなさい！　――え？　Kホールで死体が？」

田ノ倉が耳にして、

「ほう。私じゃないようだな、殺されたのは」

と言った……。

「楽屋の近くで？」

と、しのぶが言った。「でも、誰が……」

ホールへ戻って来たのは、淳一と真弓、そして田ノ倉夫妻だった。

「やあ、夫婦で夜遊びか？」

と、死体のそばから立ち上ったのは、検死官の矢島《やじま》だった。

「真弓さん、お邪魔してすみません」

と、道田が謝っている。

「いいのよ。これが私たち刑事の宿命」

と、真弓は大げさに言って、「死んでるのは誰？」

「清掃係の佐々山さんです」

と、女性の声がした。

「そちらは？」

「失礼しました」

と、スーツ姿の四十ぐらいの女性は会釈して、「私、宮前《みやまえ》あずさと申します。このKホールの支配人です」

「やあ、宮前君」

「田ノ倉先生！　おいでだったんですか」

「話を聞いてね。——どうしたんだ？」

「私、やり残した仕事があって、戻って来たんです。そしたら通路に佐々山さんが倒れていて……」

「死んでいた。というわけか」

「びっくりしました。酔い潰《つぶ》れたのかと思ったんですが」

びっくりしているにしては、宮前あずさという女性、口調も冷静そのものだ。

「脈を取ってみたら、全くなくて……」

「どうなんですか？」

と、真弓は矢島に訊いた。

「毒物だな」

「毒を？　飲まされたってことですか」

「いや、おそらく違うだろう」

「それじゃ……」

「この中指を見ろ」

と、矢島が死体の右手を持ち上げた。

「指先に傷が……」

「針かとげで刺したような傷だが、周囲が黒ずんでるだろう」

「じゃ、この傷で?」

「正確なところは、解剖してみないと分らんが、おそらくこの傷から毒が体内に入ったんだ」

「それって……」

「自然にその辺にある毒物ではない。これは殺人だ」

「そいつは心配だな」

と、淳一が言った。「その傷を作ったものが、まだその辺に落ちているかもしれない」

「なるほど。そこまでは考えなかった」

と、矢島は肯いた。「この近くを立入禁止にした方がいいかもしれん」

「この人は、どこを掃除していたんですか?」

と、淳一は宮前あずさに訊いた。

「主な受持はオーケストラピットの中ですわ」

「中を調べよう」

淳一は道田を促して、ピットの中へ入った。

「気を付けてね!」

と、真弓は入口の所で足を止め、声をかけた。

「入って来るなよ。下手に触ると危い」

淳一は慎重に中を見て回ったが……。

「――真弓。田ノ倉さんに、指揮棒をどこに置いたか、訊いてみろ」

「今思い出したよ」

と、当の田ノ倉が顔を出し、「途中、譜面台から落ちて、どこかへ転がって行った」

「ほとんど使わなかったとおっしゃいましたね」

「うん。どうも、いつもとバランスが違う気がしてな」

「あそこに落ちてる」

淳一はオーケストラの団員の椅子の奥を覗き込んで、「手で持つのは危い」

「では、指揮棒に?」

「そんな気がして……。何かつまむものを」

宮前あずさが、細かいゴミを拾う用具を淳一へ渡し、淳一はその指揮棒を矢島へ渡した。

「なるほど」

矢島は、ガラスの器に入れた指揮棒を見つめて、「これだな」

「しかし、確かに私の指揮棒だがね」

と、田ノ倉が言った。「一体いつそんな細工をしたんだろう」

「それよりも、毒のとげで刺されなかったことに感謝した方がいいでしょう」

と、淳一が言った。

「それもそうだ」

と、田ノ倉は肯いて、「してみると、あの脅迫状は悪ふざけではなかったということか……」

「先生……」

しのぶが田ノ倉の腕をつかんだ。

「それに」

と、淳一は付け加えた。「いわば代りに死んだこの佐々山という人のために祈りましょう」

「全くだ。宮前君、この人に家族は？」

「調べて連絡します」

「先生の身を守って下さい！」

と、しのぶが真弓に言った。「また狙われるかもしれませんわ！」

「ご心配なく」

真弓は胸を張って、「日本の誇る名指揮者を殺させるものですか！」

と、堂々と宣言したのだった……。

5　ガラコンサート

「やあ」

と、〈Mモール〉の保安部長、大谷は言った。「大変でしたね。ニュースで見ましたよ」

「ええ、本当に」

と、戸畑佳苗はロビーで足を止め、「怖いわね。爆弾やら毒針やら……。世の中、どうなってるのかしら」

「今日は早いですね」

「ちょっと打合せが入ってて。二階のイタリアンに行ってるわ」

「ご苦労さま」

大谷は、ランチの客で混み合う、昼過ぎの〈Mモール〉のロビーを見回っていた。

「そろそろだな……」

計算通り、昼食を終えた加藤七重が、ロビーにやって来る。

「あ、大谷さん！」

と、ニッコリ笑って手を振る。七重を見るだけで、大谷の胸が少年のようにときめくのだった。

「お昼はすんだのか？」

「ええ。今日は真面目に働くの。時間通りに帰らないと」

「デートかな、さては？」

「残念でした。大学のときの友だちと会うの。女の子よ」

と、七重は言って、「大谷さん、クリスマス・イヴは早く終るの？」

「いや、この仕事はそういう日こそ大変なんだよ」

と、大谷は言った。

「ああ、それはそうね」

と、七重は肯いて、「私、去年のイヴ、どうしてたかな」

「憶えてないのか？」

「あ、そうだ。やっぱりあの日も安田さんに替ってもらった」

呑気な七重に、大谷はつい笑ってしまった。

あの乱暴なボーイフレンドをこらしめてくれたお礼に、大谷に食事をおごると約束した七重だったが、当日に、

「急に用ができちゃったの。ごめんね！」

で終っていた。

大谷は、がっかりもしたが、同時にホッとしてもいたのである。これ以上七重に近付くと、自分がどうなるか、不安だった。

「そうだ」

と、行きかけた七重は足を止めて振り返った。「食事の約束、破っちゃったから、どう？　クリスマス・イヴに」

「イヴに？　しかし、そっちが約束あるんだろ？」

「早い時間に済ませる。大谷さん、遅くなるんでしょ？」

イヴには、この〈Mモール〉も夜中の十二時まで開いている。

「点検して、午前一時ごろになるぜ」

「いいじゃない。一時なんて早いわよ」

「まあ……君がそれで良けりゃ」

「うん！　今度は約束守るからね。絶対！」

そう言って、七重は弾むような足どりで行ってしまった。

「あてにしないことだな……」

と、大谷は呟いた。

しかし、同時に胸をときめかせてもいたのである。

もし本当に……。いや、だからといって、七重との間に特別なことは起らないだろう。当然のことだ。

家では、夫の帰りが遅いことは分っているから、待たずに寝ている。たとえ大谷が朝帰りしたところで、

「若い奴らに誘われて飲んでたら、眠っちまってな」

と言えば、それですむ。

大して珍しいことではないのだから。

「よせよせ」

と、大谷は苦笑した。「明日になりゃ、ケロッと忘れてるかもしれないぞ」

ケータイが鳴った。

「――大谷だ。――ホームレスが入り込んでる？　分った。すぐそっちへ行く」

大谷はロビーを大股に横切って行った。

思いがけない顔を見て、戸畑佳苗は飲みかけたコーヒーをテーブルに戻した。

「やあ、ゆうべは」

やって来たのは、何と高柳だったのである。

「どうも……」

頰に血が上るのが分った。

「宮前さんと待ち合せですね」

「ええ」

Kホールの支配人、宮前あずさから、

「ぜひお会いしたい」

と、連絡があって、やって来たのだ。

「高柳さんも？」

「ええ。というか仕事上の——。ああ、来ましたね」

宮前あずさが急ぎ足で入って来る。

「お待たせして！　すみません」

と、あずさはテーブルにつくと、「軽くランチでもいかがですか？」

パスタを三人で頼んでから、

「——急なことで申し訳ないんですが」

と、あずさは言った。「クリスマスの日に、Kホールで〈Xマス・ガラコンサート〉があるんですが、その司会をやっていただけないでしょうか？」

佳苗はびっくりして、しばし言葉が出なかった……。

佳苗がしばらく無言でいるのを、宮前あずさは誤解したらしく、

「突然、こんなお願いをするのは失礼だと重々承知していますが……」

と言った。

「あ、いえ……。そういうことじゃないんですが」

と、佳苗は急いで言った。

本当なら、飛び上って喜びたいところだった。クリスマスの〈ガラコンサート〉は、方々のホールで開かれるが、Ｋホールのそれは一番質が高いと定評がある。

その司会を？——正直、佳苗は面食らっていた。

「あの……どういう事情なんでしょうか」

佳苗は、すぐに承知してはあまりにみっともないと思って、そう訊いてみた。

宮前あずさと高柳はチラッと目を見交わした。高柳が肯いて、

「戸畑さんが疑問に思われるのは当然ですよ。宮前さん、説明してあげて下さい」

と言った。

「分りました」

と、あずさは言った。「ただ、この件は少々デリケートなので、ここだけの話ということにさせて下さい」

「分りました」

「〈Xマス・ガラ〉は、この三年、山野《やまの》先生にお願いしています」

「そうですよね。今年も山野先生とチラシで見たような……」

山野広平《こうへい》は今六十を二、三歳過ぎたところだ。音楽評論家として、クラシック音楽の世界に大きな力を持っている。

コンサートを聴いて、評を書くだけなら、それほど大きな影響力は持たないが、山野広平は賞やコンクールの選考委員から、コンサートのスポンサー企業と付合が深く、また、このところ、高齢の同業者が相次いで亡くなったこともあって、いつの間にか山野がこの世界の第一人者になっていた。

「おっしゃる通り、山野先生に司会をしていただく予定でした。それが……」

と、あずさが言い淀《よど》む。

「先生、ご病気でも？」

「いえ、そうじゃないのです」

と、あずさは首を振って、「実は、発表していませんが、今度の〈Xマス・ガラ〉に、会田正介《あいだしょうすけ》が出るんです」

「テノールの？　まあ！」

「正式に決ったのが、つい先週で。それでチラシにも載せていないんですが」

ガラコンサートは、何人ものアーティストが出て、それぞれ得意の曲を聞かせる、華やかなコンサートである。

Kホールの〈Xマス・ガラ〉は、いつも出演者の充実で、他のホールから羨《うらやま》しがられていた。

「ところが――」

と、あずさが続けた。「正式に契約する時になって、会田正介は初めてチラシを見たんです。そして、『山野広平が司会するのなら、出ない』と言い出したんです」

「そんなことが……」

「何か因縁《いんねん》があったんでしょう。でも、私どもとしては山野先生の名を出してしまっている以上、いくら会田正介でも、個人的なことで出ないと言われるのは……」

と、あずさはため息をついて、「困って、どうするか話し合っている間に、どこからどう伝わったのか、会田正介の話が山野先生の耳に入ってしまったんです。山野先生はカンカンで、『俺は降りる！』と言い出されたんです」

佳苗にも、大方の事情は察しがついた。

会田正介は今ウィーンの国立オペラやニューヨークのメトロポリタン・オペラなどでも主役を歌う人気テノール歌手である。

テノールとしては長身で、スタイルも良く、おそらくヨーロッパのどこかの血を引いていると言われる、彫りの深い顔立ち。

欧米でもオペラファンの女性たちから熱狂的な支持を集めていた。

スケジュールが何年も先まで埋っているという会田が、よく〈Xマス・ガラ〉に出演できるものだ。

佳苗はその点を訊いてみた。

「――おっしゃる通り」

と、あずさは言った。「会田正介のスケジュールは、ほとんど空いていません。今度のクリスマスも、本来なら公演の合間の休日なのですが、実はここだけの話、会田の母親は日本にいて、今、寝込んでいるんです。すぐ危いということはないようですが、今の内に見舞っておきたい、というので、日本へやって来ることになったんです」

「今、どこに住んでいるんですか?」

「大体、ウィーンかパリのようです」

確かに、会田正介が出演すれば、Kホールとしては嬉しいだろう。

「お話は分りました」

と、佳苗は言った。「二十五日は特に予定ありませんので……」

「やっていただけますか!」

と、あずさは声を弾ませた。

「あ、でも、待って下さい」

と、佳苗は急いで言った。「会田正介が最終的にキャンセルして来ることだって、あり得るでしょう。そのときは、山野先生が司会をやるとおっしゃるのでは？」

「そのお言葉はごもっともです。でも、山野先生は、今度の一件で腹を立てられて、二十三日からドイツへ行かれることになったんです」

「そうですか」

「戸畑さん」

と、高柳が口を開いた。「実は今度の件で、会田正介を出演させるのに、私も多少力になったんです」

「高柳さんが？」

「ちょっとつてがありましてね」

と、高柳は言った。「せっかく出る気になっている会田正介を、こんなことでキャンセルさせたくない。お分りでしょう」

「それは分ります……」

「実のところ——」

と、あずさは言った。「山野先生の司会については、去年も色々苦情が来ていまして」

「私も行きました」

と、佳苗は言った。「あの何とかいう女優と一緒でしたね」

「ええ。あの人選について、『クラシックを全く分っていないじゃないか』と、何人もの方に言われました。あれは山野先生のご意向だったんです」

「噂《うわさ》は聞きました」

「ですから、私どもとしては、これを機に司会を他の方に、とも考えたんです。それで思い浮んだのが、戸畑さんで」

「はあ」

「もし、万が一、急に山野先生がやはり司会をやる、とおっしゃっても、お断りします。その点は私がお約束します」

宮前あずさの口調には並々ならぬ覚悟が感じられた。

「――分りました」

と、佳苗は言った。「お引き受けします」

「良かった！　ありがとうございました」

「いえ、こちらこそ、私のような新米を……。でも、ガラの出演者を、私、詳しく知らないんです」

「資料をお持ちしました」

と、分厚い封筒を取り出す。

そういう点に抜かりはない。

佳苗は体が熱くなるのを感じた。

「どうぞ」

と、渡された資料をめくって行くと、次々に日本の音楽界を代表する演奏家が現われて、身が引き締まる思いだった。

「あ……」

佳苗の手が止る。「しのぶが出るんですね」

山並しのぶの資料だったのである。

「そうなんです。そのご縁で、オーケストラを田ノ倉先生が指揮して下さることになりました」

と、あずさは微笑んで言った。

「ガラコンサート？」

と、真弓は訊き返した。

「そうなんです」

と、心配そうに言ったのは、田ノ倉靖のマネージャー・大山令子。

「やっぱりクラシックの世界は普通と違いますね」

と、道田刑事が言った。「初めからガラガラなコンサートってのがあるんですね」

真弓は大きく咳払《せきばら》いして、

「それに田ノ倉さんが出演されるんですね?」

と言った。

「ええ、クリスマスに。もう時間もないので、今日からKホールでリハに入ります。そしあ、リハーサルのことです」

「急に決ったことなんですか?」

「Kホールの〈Xマス・ガラ〉は、一流の演奏家が出ることで定評があります。そして、最終的には当日にならないと、全部の出演者が分らないんです」

と、大山令子は言った。「田ノ倉先生にももちろん何年も前からお話はありましたが、断っていました」

「それは何か理由が?」

「確かにガラコンサートには、ある程度名のある指揮者が必要ですが、主役はやはり一人一人のソリストなので、田ノ倉先生が振ることもないんです。でも、今年はしのぶさんが出演されることになり、先生は『妻の歌は私が伴奏しないと』とおっしゃって」

「そういうことですか」

捜査一課を訪ねて来た大山令子は、今にも泣き出しそうにしていた。

「あんな事件があったんで、私、先生に『ガラコンサートは出なくても』と申し上げたんです。でも、先生はああいう方なので、『事件が公《おおやけ》になって、ここで降りれば、怖がったのだと思われる。そんなことができるか！』と……」

「察しはつきますね」

「ガラの当日は、大勢のソリストとお付きの人が楽屋を出入りします。もちろん、私も顔の分らない人も多くて、知らない人間が紛れ込んでも、分るかどうか」

「なるほど」

と、真弓は肯いて、「分りました。田ノ倉さんの身の安全を守るため、万全の態勢《たいせい》を取りましょう」

「よろしくお願いします！」

と、大山令子は深々と頭を下げた。

「で、当日の予定は？」

「こちらに資料をお持ちしました」

と、書類を机に置いた。

「はあ……。これが全部の出演者ですか」

と、真弓はめくってみて、「まあ！　会田正介が出るんですか？」

「ええ。当日のサプライズゲストで」

「私、一度聴きたかったんです！」

と、真弓は嬉しそうに言って、「いえ、もちろん、それは個人的感想で」

と、資料をめくって行ったが……。

「しのぶさんは〈アイーダ〉を？」

「はい。アイーダのアリア、〈勝ちて帰れ〉を歌います」

真弓は少し考えていたが、

「〈アイーダ〉って、馬や象が出て来るやつでしたね」

「は……。あ、それは第二幕の〈凱旋《がいせん》の場〉です。演出によっては確かに本物の馬が出て来たりしますが……」

「そうですか」

と、真弓は肯いた。

「あの——しのぶさんが歌う〈勝ちて帰れ〉は第一幕の……」

「そんなことはどうでもいいんです！」

「は……」

「田ノ倉さんを守りたくないんですか？」

「もちろん守りたいです！　代りに私が殺されてもいいと思っています！」

「そうですか。その節はよろしく」

「はい……」

「私に考えがあります」

真弓の目は輝いていた……。

6　逆恨み

ケータイにかけると、少しして、

「はい」

と、よく通る爽やかな声が聞こえて来た。

「ああ、中谷君？　K新聞の杉戸だよ」

「あ……。どうも」

と、中谷涼子は言った。

「昨日はごめん。急なインタビューが入っちまってね。来日している大物演奏家なんだが、どうしても僕でないとインタビューさせない、って言ってね。急に僕の方へ回って来たんだよ。こういうアーティストが何人もいてね。コンサートの多いシーズンになると大変なんだ。いや、しかし、君の方をすっぽかして申し訳ない。今夜、十一時ごろからなら空けられるんだ。君はどう？」

杉戸は、まくし立てるように言った。

中谷涼子は、しばらく黙っていた。

杉戸は、

「もしもし？　聞こえる？」

と訊いた。

「聞いています」

と、涼子は言った。「杉戸さん。あなたのこと、しのぶさんから聞きました。他の方からも。あなた、もう文化部にもいないそうじゃないですか」

杉戸は一瞬詰ったが、

「それは確かに。――だがね、僕は君に『K新聞の杉戸』だとは言ったが『K新聞文化部の杉戸』とは一度も言ってないぜ」

「そんな……。あなたがどうして文化部から外されたかも聞きました」

「いや、それはね――」

「ともかく、あなたとお会いするつもりはありませんので。もうかけて来ないで下さい」

「おい！　僕にそんな口をきいていいと思ってるのか？　君の将来は、僕の人脈を使えば、どうにでもなるんだぞ」

「じゃ、お好きなようになさって下さい」

と、涼子は言って、「失礼します」

「おい！——もしもし！」

杉戸は怒鳴ったが、すでに切れている電話には何の意味もなかった。「——畜《ちく》生《しょう》！」

杉戸は自分のマンションのベッドで寝ていた。一応まだK新聞に在籍していたが、

「あんな仕事、やってられるか」

というので、ほとんど出社していない。

「ああ……。ま、大した女じゃなかったしな」

ベッドから出て、大欠伸《おおあくび》する。

杉戸は、中谷涼子のように、まだ日本の音楽事情に詳しくない新人の女性演奏家に声をかけて、食事に誘い、あわよくばホテルへ連れ込む、というのが趣味だった。

その場合、食事代もホテル代も「取材費」と称して会社に出させるという、何ともせこい男だった。

しかし、このところ「K新聞」の神通力も効果がなくなって来ていて、中谷涼子と同様、杉戸のことを人から聞いて断ってくるというパターンが続いていた。

まあ、客観的に見れば、すでに五十歳、頭も薄くなって太った杉戸に、女性を魅きつけるものは失われていたのだが。

妻からは十年も前に離婚され、一人暮しの杉戸は、こんな風に午後になってから起き出すという毎日だった。

顔を洗って、パソコンの電源を入れる。

「今日のコンサートは……」

ザッと眺めて、「――よし、このピアニストにするか……」

文化部時代の「顔」で、たいていのコンサートにフリーパスである。

「うん……。このピアニスト、ちょっと可愛いしな」

杉戸はやっと目が覚めて、身支度を始めた……。


ホールの近くのカレー屋で食事をして、杉戸は開演の十分前にホールへやって来た。

受付に立っている女性は、今日のピアニストの所属している音楽事務所の社員で、杉戸もよく知っていた。

「やあ」

と、手を上げて見せ、ホールの中へ入ろうとする。

「チケットをお願いします」

と、ホールの入口で止められてしまった。

「俺はいいんだよ」

と、杉戸は笑って、「音楽評論家なんだ。君、新人だね？　俺を知らないのか」

「ですが……」

受付にいた女性がやって来る。

「おい、この子に教えてやってくれよ。せっかく忙しい中、来てやったのに――」

「杉戸さん。もうあなたのことはご招待できません」

「――何だって？」

「ご自分でよくお分りでしょ。もちろん、チケットを買って入られるのはご自由ですよ。一枚七千円です」

「本気で言ってるのか？」

「各音楽事務所に連絡が回ってるんです。どこでも同じですよ」

杉戸はカッとなって、

「俺がどれだけ力になってやったと思ってるんだ！　K新聞を敵に回すつもりか！」

「変ですね」

「何が？」

「K新聞から、杉戸さんはもう社員じゃない、ってファックスが来てます」

――コンサートが始まるぎりぎりに駆け込む客。

杉戸は、ホールの入口を遠くから見ながら、冷たい北風が身にしみていた。

社へ電話した杉戸は、今の上司から、

「無断欠勤が目に余る。規則通りにクビにした」

と言われてしまったのだ。

しかし、今の杉戸にとっては、新聞社をクビになったことより、コンサートに
「顔」で入れなくなったことの方が大きな屈辱《くつじょく》だった。

特権を失う。それは杉戸にとって、耐えがたいことだった。

「恩知らずめ！」

と、吐き捨てるように言って、杉戸は仕方なく歩き出した。

ケータイがポケットで鳴った。

「――もしもし？」

と出てみると、少し間があって、

「お気の毒です」

と、くぐもった声がした。

「何だって？」

「あなたの音楽評のファンだった者です」

「そう……。そうか」

「ですが、もうあなたには書く場がない。お気の毒です」

「そう同情されるとみじめになるよ」

「ご存知ですか？」

「何を？」

「あなたを締め出したのは、指揮者の田ノ倉靖ですよ」

その名前に、杉戸は頭に血が上った。

「大方、そんなことだろうと思ったよ」

「優れた評論家は、演奏家に嫌われるんですよ」

「うん、その通りだ。君、よく分ってるね」

「田ノ倉がKホールの〈Xマス・ガラコンサート〉を指揮するのはご存知でしょう？」

「ああ……。もちろん、聞いてる」

「そこで、一つ仕返ししてやりませんか」

「仕返し？」

「田ノ倉に思い知らせてやるんです。うぬぼれの鼻をへし折ってやりましょう」

「いいね！　しかし、どうやって？」

「私にお任せ下さい。またご連絡します」

「うん、分った。俺を怒らせるとどういうことになるか、教えてやる」

「その意気です。では、先生、また」

「君、名前は？　――もしもし？」

切れてしまった。

しかし、杉戸の胸は熱くなっていた。

「先生」と呼ばれたのは久しぶりのことだった。

そうだ。俺は「先生」なんだ。

杉戸は再び歩き出した。もう風の冷たさも気にならなくなっていた……。


「〈凱旋の場〉を振れ？」

田ノ倉は、そう訊き返して、「〈Xマス・ガラ〉でかね」

「そういうことです」

と、真弓は肯いた。

「それはつまり……〈アイーダ大行進曲〉を演奏してくれ、ということだね」

「ええ。ですが、オーケストラだけでなく、オペラのステージを再現したいんです」

真弓は、道田と共に田ノ倉のマンションを訪れていた。

田ノ倉は〈Xマス・ガラ〉で指揮する曲のスコアを開いているところだった。

「よく分らんが……」

と、田ノ倉が眉を寄せる。

「用心のためです」

「用心？」

「あの毒のとげのことをもうお忘れに？」

「いや、憶えているとも。私だって死にたくはない」

「結構です」

「それと〈アイーダ〉とどういう関係があるのかね？」

「当日、色んなアーティストが出るんですよね」

「うん。〈ガラコンサート〉だからね」

「田ノ倉さんの身辺を守るために、一人二人ではとても無理です。でも、見るからに刑事、というのがウロウロしていたら、出演者の人たちが気にするでしょう」

「まあ、確かに」

「そこで、〈凱旋の場〉です。あそこにはエジプト軍とか奴隷《どれい》とか、大勢エキストラが出ますよね。そこに刑事を紛れ込ませます」

田ノ倉は唖然《あぜん》としていたが、一緒に聞いていた妻のしのぶは、

「すばらしいわ！」

と、部屋中に響き渡る声を上げた。

道田はクラクラしてよろけそうになった。

「あなた！　ぜひそうしてもらいましょうよ！」

と、田ノ倉の首に抱きつく。

「おい、よせ！　みっともない」

田ノ倉は苦笑して、「しかし、〈ガラコンサート〉で〈凱旋の場〉？　聞いたことがないぞ」

「いいじゃないの。初めてやるから話題になるのよ」

「Kホールの了解も取らんと……」

いつもならわがままな田ノ倉の方が遠慮している。

「宮前さんには了承していただいてます」

と、真弓は言った。

「そうか。では、そうしてもらおう」

と、田ノ倉は肯いた。「あんたも出るのかね？」

「私は司令官です。この道田君が、エジプト軍の格好をして出演します！」

真弓は、道田の肩を力強く叩いたのだった……。

「休憩にしよう」

と、田ノ倉が言った。

オーケストラが一つの生きもののように、ホッと息をついた。

田ノ倉が指揮台を下りて、ステージの袖へ入って行くと、

「お疲れさまです」

と、Kホールの支配人、宮前あずさが迎えた。

「やあ、来ていたのか」

「もちろんです。〈Xマス・ガラ〉はこのホールの最大イベントですから」

「イベントでもコンサートだ。演奏が充実していなくてはな」

「もちろんです！　その点は先生を信頼しています」

「おいおい」

と、田ノ倉は笑って、「しかし、オーケストラの仕上りはいいよ。これなら恥ずかしくない」

「お願いします」

と、あずさは言った。「あ、そうそう。先生に呼ばれたという歌手の中谷さんが」

「来たか。ここへ呼んでくれ」

「はい、すぐに」

あずさが、客席の方へ向って、「中谷さん！　いる？」

「はい！」

むろん、リハーサル中なので、客席には関係者だけがまばらに座っている。

中谷涼子が真中辺りの席を立ってやって来た。

「先生、ご用と伺って」

「うん、ともかくステージに上れ」

「はい」

涼子は客席の隅の階段を上って、ステージに立った。

「ここで歌ったことは？」

と、田ノ倉が訊いた。

「一度だけ……」

「そうか。じゃ、ちょっと声を出してみてくれ」

涼子は面食らって、

「今ですか？」

「うん。何かアリアの一節でいい」

「はい……」

当惑しながらも、涼子はステージの中央に立って背筋を伸すと、〈私のお父さん〉を歌い始めた。プッチーニのオペラ〈ジャンニ・スキッキ〉の中の有名なソプラノのアリアだ。

一節でいいと言われたものの、田ノ倉がじっと真剣な表情で聴き入っているので、やめるわけにはいかず、涼子は伴奏もなしで歌い続けた。

すると、途中からヴァイオリンが歌に合せて弾き始めたのだ。休憩で、ほとんどのオーケストラの団員が席を立っていた中、コンサートマスターの男性が譜面のチェックをして残っていた。

そして涼子の歌を聴いて、一人、弾き始めたのである。

涼子は励まされたような気持で、アリアをおしまいまで歌い切った。

拍手が起った。

「充分だ」

と、田ノ倉が肯いて、「このホールの〈Xマス・ガラ〉に出てくれ」

涼子はびっくりした。

「でも――もう曲目も決っているんでしょう?」

「ああ。しのぶも出る」

「だったら、ソプラノ二人では……」

「声の質が違う。しのぶは〈アイーダ〉を歌うが、君には二重唱を頼む」

「はい。あの――何を歌うんでしょうか?」

「まだ決っていない。場合によっては一日で仕上げることになるが、いいね」

田ノ倉にそう言われて、「できません」と答えられる歌手はいないだろう。

「はい」

と、涼子は答えた。まだ公表していないが、会田正介が出る」

「テノールだ。まだ公表していないが、会田正介が出る」

涼子の顔が一瞬こわばったが、田ノ倉はコンサートマスターの方へ、

「フィナーレの所、もう一度やってから次の曲のリハだ」

と、声をかけていて、気付かなかった。

そこへ、しのぶがやって来て、

「涼子さん、先生から聞いた？」

と、声をかけた。

涼子は微笑んで、

「伺いました。びっくりしましたけど」

「会田さんはリリックテノールだから、私とじゃ合わないの。あなたの声ならぴったりだわ」

「光栄です」

「できるだけ早く曲を決めて連絡する」

と、田ノ倉が言った。

「あら、私にはそんな気づかいしてくれないのに」

と、しのぶが田ノ倉をつつく。

居合せた人々は笑って眺めていた。

「あ、今野さん」

と、宮前あずさが真弓を見付けて、「客席にいらしたんですか」

「ステージ全体を見たくてね」

と、真弓は立ち上って、「何か変ったことは？」

「特にありません。——亡くなった佐々山さんのご家族に連絡を取ってるんですけど、ご返事をいただけなくて」

「嫌われてたんじゃないですか」

真弓はアッサリと言った。

「実はそのようなんです」

と、あずさが肯いて、「娘さんに連絡がついたんですけど、『父とはもう縁を切っています』と言われて……。そんなことを言われても、こっちも困ってしまいます」

「そういう親子って珍しくないですよ。捜査にもさっぱり協力してもらえなくて」

と、真弓は言った。

ホールの事務の女性が急いでやって来ると、あずさにメモを渡した。あずさはそれを読んで、

「まあ……」

「どうかしたのかね？」

「いえ、会田正介さんが、今日成田に着くそうです。予想より早かったですね」

「そうか。明日のリハーサルできるのかな」

「訊いてみますが、お母様の具合が良くないということですから……」

「そうだった。忘れていたよ」

田ノ倉が言うと、誰も不自然に思わない。音楽のことだけ考えている人間だと思われているからだ。

「そうですか」

涼子が小さく肯いて、「今日着くんですか……」

「宮前君、誰か迎えにやってくれるか」

と、田ノ倉が言った。

「はい、手配します。リハ、後はよろしくお願いします」

「ああ、大丈夫だ。私が終りの時間を忘れても、コンマスが教えてくれる」

と、田ノ倉は言った。「しのぶ、ちゃんと発声して来たのか？」

「しなきゃ、ここにはいないわよ」

「よし。あと十分で休憩終りだ。〈アイーダ〉をやるからな」

田ノ倉は妻の肩をやさしく叩いて言った……。

7　クリスマスの仕事

世間がお休みだ、クリスマスだと浮かれている時こそ、今野淳一のような商売――泥棒としては稼ぎ時である。

「やあ、先日は」

フランス料理〈Q〉のシェフ、永辻が淳一とバッタリ出くわして、嬉しそうに言った。

「ごちそうさま」

と、淳一は微笑んで、「あの味が今でも忘れられませんよ」

「そうおっしゃって下さると……。今日はこの〈Mモール〉にご用で？」

「なに、ちょっと買物にね」

「そうですか」

「また家内と伺いますよ」

淳一は〈Mモール〉のロビーを歩いて行った。むろん、クリスマス商戦で、人出はかなりのものだった。

淳一は、にぎやかな辺りから少しそれて、受付や警備員室のある一画《いっかく》へやって来た。

「あら、今野さん――ですね」

と、スーツ姿の女性が足を止める。

「やあ、これは……」

「助けていただいた、受付の安田君江です」

「憶えていますよ。その後は大丈夫ですか?」

「はい。――といっても、この数日は大変な人出ですもの」

「確かにね」

「油断できませんね。これから」

君江は、チラッと左右を見て、「――困ってるんです」

「どうかしましたか」

「実は――お恥ずかしい」

と、君江は言った。「大谷さんを見かけたんです」

「ああ、保安部長の」

「はい、ちょっと用があって……」

「それが何か?」

「それが――ちょっと覗いたら、大谷さんが七重ちゃんと……その……キスしていたんです」

と、君江は言って、ため息をついた。「大谷さんには妻子がありますし、七重ちゃんもそんなこと分ってるはずですけど……」

「なるほど」

話していると、当の加藤七重がスタスタとやって来て、

「あ、安田さん。今日、早いですね」

と、明るく声をかける。

「ええ……」

「いよいよクリスマスですね！　私、にぎやかなのが大好き」

と、七重は声を弾ませて、「こういう所も何だかいつもと違う感じになるじゃないですか」

「そうね」

「楽しいなあ、クリスマス！」

七重は、「ジングルベル、ジングルベル……」

と歌いながら行ってしまった。

「かなわないわ」

と、君江が首を振る。

すると、少し間を置いて、保安部長の大谷がやって来たのである。

「大谷さん」

呼びかけられて、大谷はハッとした表情で、

「ああ……。安田さんか」

「お忙しいですね」

「クリスマスだからね」

「今、七重ちゃんが通って行きましたわ」

「七重？　ああ、受付の子か。若いから元気だな」

「そうですね。大谷さんや私はもう若くないですから、年令《とし》を考えないと……」

「うん、まあそれは……」

大谷は目をそらして、「そうそう、今日、〈F学園〉は夜に何か使うそうだよ」

「聞いておきます」

「じゃ、これで。――人出が多いな」

大谷はわざとらしく言って、人の流れの中に消えて行った。

淳一は見送って、

「心配なのは女の子の方じゃなくて、大谷さんの方ですね」

そう。実際、大谷は「舞い上がっている」としか言いようがなかった。

「しかし、七重という子の方は少しも本気じゃないでしょう。あの子にとって、ちょっとキスしたぐらい、大して意味はないんですよ」

「ええ、分ります」

と、君江は肯《うなず》いて、「でも、大谷さんにとっては、キスまでするのは、特別なことです。――何かまずいことにならなきゃいいんですけど……」

「真面目な人ほど、一旦取りつかれてしまうと、忘れられないものです」

「そうですね……。若い人だけには、お説教しても役に立ちませんから……」

君江はそう言って、「すみません！　お邪魔してしまって」

「いや、少しも。――クリスマスに特別の警備があるんですか？」

「いいえ。お客様の目につくようなことは避けないと。ただ、イヴの夜と当日は、大谷さんたちはサンタクロースの格好をして見回ります」

「なるほど。それは一見の価値がありそうだ」

と、淳一は笑った。

――君江と別れて、淳一はエレベーターに乗った。

上の方のフロアのティールームへ行こうとボタンを押すと、閉りかけた扉を押し開けるようにして、初老の男性が入って来た。

エレベーターが上り始める。

淳一は、

「何階においでですか？」

と、声をかけた。

「何だ？」

と、苛立《いらだ》ったような視線を向けて、「ああ、――〈F学園〉だ」

「では九階ですね」

淳一は〈9〉を押した。

「すまん」

と男は言った。

見憶えのある顔だ、と思った。

そうか、――音楽評論家の山野広平だ。

TVの音楽番組などでよく見る顔である。

淳一は途中のフロアで降りたが、妙に苛立っていた山野の表情が気になって、九階へ上ってみることにした。

Kホールの〈Xマス・ガラコンサート〉の司会が戸畑佳苗に任されることになった事情を、真弓から聞いていたのだ。

九階で降りると、〈F学園〉の受付に山野広平がいた。

受付の女性が困ったように、

「今、戸畑先生は講義中なんです。あと二十分ほどで終りますので、お待ちいただければ──」

と言いかけると、

「おい、私を誰だと思ってるんだ！　山野広平だぞ」

と、山野は遮《さえぎ》って、「いいから戸畑君を呼べ。山野が来ていると言えば出て来る」

「ですが、生徒さんたちがいらっしゃいますので……」

「それがどうした。私の言うことが聞けんのか？」

わがままが通ることを当り前と思っている人間なのだ。

淳一は穏《おだ》やかに、

「失礼ですが」

と、山野に声をかけた。

「何だ、君は？」

山野広平は険《けわ》しい顔つきで淳一を見ると、

「さっきエレベーターで……」

「ええ。戸畑さんの知り合いの者です」

と、淳一は言った。「ちょっとお話しできませんか」

穏やかな口調に、山野は少し落ちついた様子で、

「まあ……いいだろう」

「ティールームへ行きましょう。紅茶がなかなかいい味です」

「七階のか。ダージリンはいいが、他はだめだ」

「さすがにお詳しいですね」

と、淳一は言って、山野をエレベーターへと連れて行った。

〈F学園〉の受付の女性がホッとしている。

――ティールームに落ちつくと、

「戸畑さんにご用でしたか」

と、淳一は言った。

「困ったもんだよ。世の中、駆け引きってものがある。生きて行く上で大切だ」

「それは確かに」

「音楽評の世界で、今私は誰よりも信頼されている。私が評でほめれば、必ず音楽家は感謝の手紙を送って来るんだ」

山野の自信は、はた目にはかなり薄っぺらなものだった。

「私はKホールの〈Xマス・ガラコンサート〉の司会をずっとやっている。私が司会

することで、あのコンサートは格を保っていられるんだ」

山野は当然という口調だった。

「ところがどうだ！　Ｋホールは間際になって、突然司会を戸畑君に代えてしまった」

と、山野は言った。「けしからん話だ。しかも戸畑君は評論家と名のっておるが、要は若さと顔で商売しとるだけの素人《しろうと》だ」

知り合いだという人間に向って、これだけ言えるのは大したものである。

「あんなのに司会させれば、Ｋホールの〈Ｘマス・ガラ〉の格が落ちる。だから、私は司会を代ってやろうと思ってやって来たのだ」

「なるほど」

と、淳一は肯いて、「しかし、聞いたところでは、山野さんが司会をしないとおっしゃったのだと……」

「そこが駆け引きだよ、君！」

と、山野は胸をそらして、「一旦は断らなくては、私の顔が立たん。まあ——会田正介が出るのは気に食わんが、ホール側が、『そこを何とか』と頭を下げて来る。そこで私が考え直す。——それが大人の世界というものじゃないか！」

淳一は苦笑した。実に「日本的」な考え方である。

いや、山野の世代にしか、もう通用しないだろう。

「ですが、戸畑さんはKホールからの依頼で引き受けただけで。先生のご意見はKホールの方へおっしゃるべきでは？」

と、淳一は言った。

「もちろん、そうだ」

と、山野は肯いて、「しかし、Kホールはホームページなどで、すでに戸畑君の司会と告知しておる」

「はあ」

「だから、ここは戸畑君自身が『私には荷が重過ぎて、できません』と言えば、丸くおさまるのだ」

――こういうやり方で人生を渡って来た人間なのだ。淳一は、泥棒の方が、よほど実力主義だと思った……。

山野は紅茶を飲んで、

「うん。ここはやはりダージリンだけだな、旨いのは」

と言うと、「時に、君は戸畑君の知り合いとか言ったな」

「そうです」

「つまり、戸畑君は君の女というわけか」

突然発言が「格調低く」なって、淳一はいささか面食らったが、

「いえ、そういうわけでは。指揮者の田ノ倉さんご夫妻とお付合がありまして」

「ほう、田ノ倉君と。――彼は私が音楽誌でほめてから知られるようになったんだよ」

淳一も泥棒稼業とはいえ、その準備のためにビジネス界にも通じていて、ワンマン経営者にこういうタイプが多いことを知っていた。

誰とでも「知り合い」で、誰に対しても「自分が成功させてやった」と吹聴《ふいちょう》するタイプだ。

Kホールの宮前あずさが、山野の司会を断りたくなった気持がよく分った。

「まあ、人前で戸畑君に恥をかかせても可哀《かわい》そうだ」

と、山野は言った。「では君から戸畑君へ言ってやってくれたまえ。司会をやっても、実力不足をさらけ出すだけだ、悪いことは言わんから、辞退しなさい、とな」

「はあ。しかし――ドイツへ旅をされるとか伺いましたが」

「そうとも。ドイツ旅行を延期してまで、この山野が司会を引き受けようと言っとるんだ。そこをよく考えてもらわんとな」

さすがに淳一も呆れた。山野は立ち上ると、

「では、Kホールの方から連絡しろと言ってくれ。失礼」

さっさと出て行ってしまう。

「紅茶代は……」

相手に払わせて当然と思っているのだろう。

「やれやれ……」

苦笑していると、戸畑佳苗が入って来た。

淳一を見ると、

「あ……。今野さん。山野先生と一緒だったっていうのは――」

「僕ですよ。山野さんはたった今、帰りました」

「そうですか。事務の人が、『とんでもなく怒ってた』って言ってたんで……」

「まあ、おかけなさい」

「ええ……。胸がドキドキしてます」

と、胸に手を当てて、「でも、どうして今野さんが山野先生と?」

「たまたまです。成り行きでね。――あなたに伝えてくれ、とおっしゃってましたよ」

「伺わせて下さい」

戸畑佳苗はアッサムティーを頼んでから言った。

淳一は、山野の言った通りを伝えた。

「――やっぱり」

と、佳苗は嘆息して、「このまま終るわけないと思ってたんです」

「というと？」

「プライドの高い山野先生が、司会の座を私に渡すなんてこと……。たとえ、ご自分はやりたくないと思っていても、私が代りをつとめることは許せない、と思って引き受けるでしょう」

「しかし、Kホールの宮前さんはあなたに、と……」

「ええ。宮前さんのお気持は本当に嬉しいです」

と、佳苗は肯いて、「でも、山野先生を怒らせたら……。Kホールに出演しない、と言い出すアーティストが大勢出てくるでしょう。それはKホールにとっても困ったことですから」

「では、言われた通り、辞退するんですか？」

「さあ……。今は決心がつきませんわ」

ティーカップを持つ手は細かく震えていた。

淳一は首を振って言った。

「いけませんよ」

「――は？」

「宮前さんは、相当な覚悟をしてあなたを司会にと決めたんです。あなたがふらついては、宮前さんの立場がありません」

佳苗はハッとして、

「それはそうですね。――でも、宮前さんもどこまで頑張れるか……。私も、仕事が来なくなるかもしれません」

「そう心配することはありませんよ」

と、淳一は微笑んで、「物事は、そう悪い方へばかり進んで行きません」

佳苗は当惑して、淳一を見ているばかりだった……。

少し曇って、北風は冷たかった。

中谷涼子は喉を守るためにしっかりとマフラーを口元まで巻きつけていた。

Kホールの楽屋口へは、駐車場を通って行く。タクシーで、とも思ったが、地下鉄を乗り継ぐと、ほとんど外を歩かずに着くので、時間的に早いこともあって地下鉄にしたのである。

駐車場を足早に通って行くと、エンジンの音がして、スポーツカーがいささか荒っぽい運転で入って来た。

もしかして……。涼子は足を止めて、スポーツカーが停るのを眺めていた。

「やっぱり……」

車から降りて来たのは、白い上着の男性で、むろんオペラファンなら誰でも知っている顔だった。

会田正介は、バッグを手に楽屋口へとやって来たが、そこに立っている涼子をチラッと見て、そのまま楽屋口のドアを開け――。

会田が振り返った。

「――涼子?」

「もう忘れてるかと思ってたわ」

と、涼子は平静を装って言ったが、青ざめているのを気付かれないかと不安だった。

「忘れるもんか!」

会田は大股に涼子へ歩み寄ると、抱いて頰にキスした。涼子は一瞬ドキッとしたが、これは単なる挨拶なのだ、と思った。

向うの暮しが長い会田は、こういう習慣が身についている。

「こんな所で会うとはね!」

と、会田はいささか大げさに両手を広げて、

「何の用でここに?」

と訊いた。

「あなたと同じ、Kホールの〈Xマス・ガラ〉に出るのよ」

会田は目を丸くして、

「本当かい？　知らなかった！　歌手として成功したんだね、君」

「もちろん、あなたとは比べものにならないけどね」

「声を聞くのが楽しみだよ」

「楽しみだけじゃすまないわよ」

「というと？」

「私と二重唱を歌うことになってる」

「君と？　本当かい！」

「ええ。ご迷惑？」

「まさか。――嬉しいよ。さ、中へ入ろう。風邪ひいちゃいけない」

会田が涼子の肩を抱いて言った。

「ええ……」

涼子の胸に、小さな痛みが起った。

会田が忘れないでいてくれたのは嬉しかったが、その言葉にも表情にも、「すまなかった」という思いはかけらもなく、涼子をただ「しばらく会っていなかった知り合い」としか思っていないこと……。それが哀しかったのである。

　でも――仕方のないことかもしれない。今、会田は欧米でも知られた人気テノールなのだ。涼子など、大勢の「かつての彼女」の一人に過ぎない……。

　楽屋口を入ると、宮前あずさが待っていた。

「まあ、会田さん。よくおいで下さいました。Kホール支配人の宮前と申します」

「これはどうも」

　会田も、女性が相手だと特にソフトな笑顔になる。

「あら、中谷さんとお会いになったんですか？」

「今、そこで」

　と、涼子が言うと、

「いや、何年か前に、ヨーロッパで会ったことがあるんですよ、彼女と」

　と、会田は言った。「彼女は声楽の勉強に来ていて。まさか、もう一流のプロになってるとは思いませんでした」

「まあ、偶然ですね」

　と、宮前あずさは言った。「田ノ倉先生がとても買ってらっしゃって」

「そうですか！　二重唱を一緒にやるようで楽しみです」

「よろしくお願いします。楽屋へご案内しますわ」

「いや、別に今日は着替えるわけでもないし。中谷君は？」

「私はコートとマフラーさえ預かっていただければ……」

「じゃ、今はロビーも人がいませんから、そこでお休みになっていて下さい。今、田ノ倉先生がオケとリハーサル中で」

会田は足を止めて、

「〈アイーダ大行進曲〉ですね」

「ええ。色々と趣向が……」

と、あずさが言いかけると、楽屋から〈アイーダ〉のエジプト軍の格好のエキストラがゾロゾロ出て来た。

「へえ！」

会田がびっくりして、「〈ガラ〉でエキストラが？」

「ええ……」

あずさは、エキストラの中で、少々情ない顔をしている道田刑事へと、小さく会釈した……。

「お母様の具合はいかがなの？」

と、涼子はロビーに出ると、会田に訊いた。

「ああ、心配してたほど悪くなかった」

「そう」

「要するに、一向に顔を見せないんで、少し心配させてやろう、ってことさ」

と、会田は言って、ロビーの椅子にかけた。

「親心ね」

「まあ、母親ってのはあんなものだろうね」

——母親。そう訊くと、涼子の胸がまた痛む。

私も……。私だって母親になっていたかもしれないのよ。あなたは何も知らないけれど……。

「まあ！　会田正介さんですね！」

と、ニコニコしながらやって来たのは、今野真弓だった。

「警視庁捜査一課の今野真弓と申します」

「どうも……」

「刑事さん？」

会田は面食らっている。

「ご心配いりません！　〈Xマス・ガラコンサート〉の安全は、この今野真弓が保証いたします！」

「安全？」

何も聞かされていない会田は、ただロビーで待っているだけでいいと思っていたので、わけが分らずポカンとしていた。

「そんなことがあったのか」

話を聞いて、会田正介は言った。「ちっとも知らなかったよ」

「ちゃんとお話ししなくて、申し訳ありません」

と、宮前あずさが詫びた。「今日のリハーサルが終ってからお話ししようと思っていたんですが」

「いや、そんなことはいいんですよ」

会田はさして気にしている風でもなかった。

「いえ、せっかくおいでいただいて、何かご迷惑をかけることがあっては」

「警備は万全を期しております」

と、真弓が強調する。

「美人刑事さんもそうおっしゃってるんだ。大丈夫だろ」

と、会田は笑って、「そういうスリルがあると、時差ぼけで眠くならなくていいかもしれない」

会田に苦情を言われなくて、宮前あずさはホッとした様子だった。

ロビーにオケのメンバーが何人か出て来た。

田ノ倉がやって来て、

「十五分ほど休憩して、その後リハーサルの続きだ」

と言った。「会田君だね。よろしく」

田ノ倉の方から声をかけたので、会田も恐縮して、

「こちらこそ。よろしく」

と、立ち上って握手《あくしゅ》した。

「会田さん、司会の戸畑さんです」

と、あずさが戸畑佳苗を紹介した。

「光栄です」

と、佳苗は会田を前に少々緊張している。

「やあ、刑事さんだけじゃなくて、司会も美人だね」

と、会田は言った。「山野さんは結局……」

「ご辞退されたので、今年は戸畑さんにお願いしました」

と、あずさは言った。

「あずささん……」

と、佳苗が小声で、「実は山野先生が――」

「知ってます」

「え?」

「私にも電話がありました。でも、もう変更は決めたことですから、って申し上げました」

「そうですか……」

佳苗は安堵《あんど》の表情になった。むろん、不安もあったが。

そこへ、華やかな感じの女性が三人、にぎやかにおしゃべりしながらロビーへ入って来た。

「田ノ倉先生! よろしく」

いずれも〈Xマス・ガラ〉に出演する女性たち。ピアニスト二人と、チェリストだ。

「やあ、珍しく時間通りだな」

「あ、ひどいわ、先生!」

と、女性ピアニストが笑った。

「コート、脱いで行っていい?」

と、チェロを抱えた女性が言った。「そうそう。あずささん、私のとこに、山野広平先生が電話して来たわよ」

「どうおっしゃっていました?」

「Kホールの〈Xマス・ガラ〉に出るなって」

「そう！　私たちの所へもよ」

と、他の二人が言った。

「まあ……。それじゃ、他の出演者の方へもきっと……」

と、あずさは言った。「でも、出ていただけるんですね」

「もちろんよ！　でなきゃリハーサルに来ないわ」

三人が肯く。

「いくら偉い先生でも、一旦出演するって言ったのをキャンセルしろなんて、無茶よね」

「そうよ。『そんなことしたら、信用されなくなります』って言ってやった」

「私、『じゃ、先生、私のギャラ、払って下さいます？』って訊いちゃった」

明るい笑い声がロビーに響いた。

佳苗は胸が熱くなった。

もちろん、佳苗もあずさも、全部の出演者に淳一が前もって連絡し、一人一人事情を説明して、「山野さんから、きっとキャンセルするようにお電話があると思います」と言ってあったことは知る由《よし》もなかった……。

8　警戒

ステージでは華やかに、「アイーダ」の〈凱旋の場〉がくり広げられていた。

もちろんセットを組むことまではできないが、メークした奴隷やエジプト兵たちがゾロゾロと列を作って入場。旗《はた》や金ピカの楯《たて》がライトを浴びて一段とにぎやかである。

田ノ倉の指揮の下、オーケストラも熱気をはらんで堂々たる響きでホールを満たす。

トランペットが客席の中にも配置され、〈アイーダ大行進曲〉のクライマックスでは、ステージと客席、四方八方からトランペットが鳴り渡るのだ。

「凄いわ！」

興奮して拍手しているのは真弓で、

「おい、警備担当がそんなに演奏に夢中になっちゃまずいんじゃないか」

と、淳一が控え目に言った。

「え？　ああ、そうね」

ちゃっかり「警備担当」であることは忘れていたかのようで、「でも、刑事も人間だわ。美しいものに感動することは大切よ」

ちょっとピントの外れた主張ではあったが、淳一もあえてそうは言わなかった。

「――良かったぞ」

と、田ノ倉も満足している様子。「次は〈勝ちて帰れ〉だ。一息入れよう」

二階の客席から、淳一と真弓は眺めていたが、

「問題だな」

と、淳一が言った。

「あなたもそう思う？　私も、道田君は上半身はともかく足が短か過ぎると思うわ」

「そのことじゃない」

「じゃ、何なの？」

「どういう狙いがあるのか分らない、ってことだ」

「狙い？　狙いは田ノ倉さんじゃないの」

「指揮者を暗殺して誰が得するか？　妙な話だ」

「まあ、そうだけど……。誰か個人的な恨みを……」

「しかし、指揮棒に猛毒を塗ったとげを作るなんて細工が、素人にできると思うか？」

「それもそうね」

「大体、そんな猛毒を、普通の人間は手に入れられないだろう。あれはプロの仕事だ」

「つまり、本当の狙いは田ノ倉さんじゃなくて、他にあるってことね」

「そう考えた方が無理がない」

と、淳一は肯いて、「それにもう一つある。〈Mモール〉の爆弾事件だ」

「あれが関係あるっていうの？」

「一見関係なさそうだが、あの〈Mモール〉を狙う人間ってのも考えにくいだろう」

「漠然としてるわね」

「それに爆弾だ。あれは素人が考えて作ったものとは思えない。やはりプロの仕事だと思えば、このKホールの事件とも共通したところがある」

「同じ犯人ってこと？」

と、真弓が言った。「でも、〈Mモール〉と田ノ倉さんって何のつながりもないでしょ？」

「調べてみる値打はあると思うぜ。この件の登場人物の背景をな」

と、淳一は言った。「ああ、共通点といえば、戸畑佳苗だ。彼女は〈F学園〉の講師でもある」

「そうね。――でも、彼女がこのホールの〈Xマス・ガラ〉の司会に選ばれたことは偶然でしょ?」

「おそらくな」

と、淳一は肯いて、「今は先入観なしに、二つの事件がどこかでつながっていないか、当ってみることだ」

「分ったわ。じゃ、早速道田君に言いつけることにしましょ」

「おい、あの格好の道田君にやらせるのは無理だろ」

と、淳一は呆れて言った。

そこへ、宮前あずさがやって来て、

「すみません」

と、声をかけた。「あの――亡くなった佐々山さんの娘さんがみえていて……」

「え? でも、もう関係ないとか――」

「ええ、そうおっしゃってたんですけど、やはり迷惑をかけるわけにも、と……」

「行きます」

と、真弓は立ち上った。

「ここで?」

と、その女性は言った。「こんな床下でですか」

「オペラでしたので、当日はこの上が開いて、ここはオーケストラピットになっていました」

と、あずさが説明する。

オペラやバレエの上演では、オーケストラがピットに入ることになるが、〈Xマス・ガラ〉は普通のコンサートのスタイルなので、ピットはふさがれ、その上もステージになる。

今は、ピットの部分は暗い穴ぐらのように見えたのだろう。

「そうでしたか」

あずさの説明に、納得した様子で地味なスーツ姿の女性は肯いた。

佐々山のぞみ、という名で、三十代の後半だろう。

「事務の仕事をしています」

と、あずさに名刺を渡した。「父はどの辺で……」

「亡くなったのは、ピットを出て、楽屋へ続く廊下です。ただ、問題の指揮棒でけがをされたのは、このピットの中だったと思います」

「ここで……。そうですか」

と、佐々山のぞみは肯いて、「新聞で読みましたけど、田ノ倉靖さんが狙われていたとか。本当ですか？」

「おそらく」

と、真弓が肯いて、「指揮棒をたまたま落としたので助かったんです」

「そうでしたか」

と、佐々山のぞみは淡々と、「父も少しは他の方の役に立ったんですね。他の人が拾っていたら、その人が死んでいたかもしれませんものね」

「それはまあ……」

「私、クラシック音楽が大好きなんです。田ノ倉さんのファンでもあります。父がいわば田ノ倉さんの身代りで死んだのなら、誇りに思いますわ」

「はあ……」

「父の遺体はどうやって引き取ればよろしいんでしょう？」

全く悲しんでいる様子は見えない。

ちょっと当惑しているあずさに、

「びっくりなさっておいでですね」

と、佐々山のぞみは言った。「でも、父は私が中学生のとき、家族を捨てて、他の女と暮し始めたんです。以来、母は二人の子を必死で育ててくれました。私は夜学で高校を出て、就職したんですけど、すぐに母は倒れて入院しました。――わずか一週間の入院で亡くなったんです。お医者さんは、『相当痛かったでしょうが、よく我慢しましたね』と、びっくりしていました」

「まあ……」

「私は、弟を大学までやり、一人立ちさせました。――独身のまま三十八になりましたが、後悔はしていません」

「でも、お父様は一人暮しだったとか……」

「女に逃げられて、でも意地もあって戻らなかったんでしょう。帰りたいと言って来ても、母も私もはねつけたでしょうけど」

あずさは肯いて、

「ご苦労なさったんですね」

と言った。

「本当に、男なんて、身勝手な奴ばっかりですね！」

真弓がお得意のセリフを口にしたが……。

その「身勝手」な一人が、Kホールの外で、ふてくされていた。

「田ノ倉の奴……」

と呟いたのは、新聞社をクビになった杉戸である。

Kホールに〈Xマス・ガラ〉の取材と言って入ろうとして断られてしまったのだっ

た。

確かに、杉戸がK新聞をクビになったことは、主なホールすべてに伝わっているようだった。

「今に後悔させてやる」

と、杉戸は呟いた。

そういえば、田ノ倉に思い知らせてやろうと電話して来た奴がいたが、どうしたのだろう。向うから連絡して来ると言っていたが……。

杉戸はKホールの入口の見えるカフェに座っていた。もちろん、今はリハーサル中なので正面入口は閉ったままだ。

飲もうとしてコーヒーカップを取り上げたが、もう空《から》になっていた。ちょっと肩をすくめる。すると、

「――もう一杯どうだ」

と、向かいの席に座ったのは、山野広平だった。

「これは山野先生！」

と、杉戸は急に愛想笑いをして、「確かドイツへお出かけとか伺いましたが」

「それなんだよ」

と、山野は苦々しげに言って、「おい、コーヒー二つ！」

「先生──」

「君、K新聞をクビになったんだってな」

「もうご存知ですか……」

「ああ。狭い世界だ。すぐ話は広まるよ」

「いや実は……。今、そこで振ってる田ノ倉が、K新聞に圧力をかけたらしいんですよ」

「ほう。田ノ倉君がね」

「先生──〈Xマス・ガラ〉の司会を降りられたんですか」

「とんでもない。降ろされたんだよ」

「何ですって？　山野先生にそんなことをする人間がいるんですか？」

「これは陰謀《いんぼう》だと私は見ている。おそらく、今の音楽界での私の影響力を妬《ねた》んだ人間の企《たくら》んだことだろう」

山野は、〈Xマス・ガラ〉の司会を降りた理由を「自己流に」解説し、「──もちろん、私としては、出演するアーティストたちの仕事の邪魔をするつもりはない。彼らにいい演奏をさせるのが、私の使命だからね」

「さすがは山野先生！　大局的に見てらっしゃいますね」

「問題は司会を若い戸畑君に任せたことだ。彼女の司会では、アーティストたちが充分に力を発揮できないだろう」

「おっしゃる通りです！　Kホールも失敬ですね。全く」

「まあ、私としては自分のプライドなどどうでもいい。〈Xマス・ガラ〉がいいコンサートになれば、それでいいんだ。ただ、戸畑君では……」

「分ります」

と、杉戸は肯くと、「先生、僕も田ノ倉には何か仕返ししてやろうと思ってるんです！　いかがでしょう。一緒に田ノ倉とKホールに仕返ししてやりませんか」

「君……」

山野は顔をしかめて、「『仕返し』とは穏やかでないね。君も音楽を愛する人間なら、そんな下品なことを考えてはいかん」

「すみません。――ただ、僕は田ノ倉とKホールに、山野先生のことをないがしろにするような真似をしたらどういうことになるか、思い知らせてやりたくて」

「『思い知らせる』というのはいかん。『自覚を促す』と言うべきだ」

「――なるほど」

「だから、これは我々の意趣返しであってはならん。あくまで、相手に反省の機会を与えるのが目的でなくてはいかん」

結局、杉戸に賛成しているのだが、言い回しで印象がガラリと変るのは、さすが評論家である。

「よく分ります」

「で、何をしようというんだ?」

そう言われると、杉戸も何も考えていないので困ってしまう。

すると、杉戸のケータイが鳴った。

「失礼します。——もしもし」

と、店の外へ出ると、

「お待たせしました」

あの男だ! 杉戸はホッとして、

「いや、いいタイミングだったよ」

と言った。「田ノ倉をこらしめるいい方法があったかね?」

「はい。これこそ名案というものです」

「というと?」

「標的はKホールの〈Xマス・ガラコンサート〉です。そこで田ノ倉に赤っ恥をかかせてやりましょう」

「いいね!」

それなら、Kホールに対する仕返しにもなる。

「先生にもぜひご協力いただきたいのですが」

「もちろんだ。できることなら何でも力になるよ」

「では、明日、クリスマス・イヴの夜、Ｋホールの楽屋口へいらして下さい。十一時でいかがでしょう」

「いいけど……。何をするんだ？」

「それは、おいでになってのお楽しみですよ」

と、相手は低く笑った。「よろしいですね？」

「分った。十一時だな」

「では、明晩……」

切れてしまった。

杉戸はちょっと首をかしげた。

やはり、相手が誰なのか分らないという点が引っかかっていたのである。

まさか「違法なこと」をするわけでもあるまいが、万が一ってこともある。

席へ戻ると、杉戸は、

「山野先生。明日のクリスマス・イヴの夜はお暇ですか？」

と訊いた……。

9　危険な道

やれやれ……。

こんな真冬に汗をかくとはね。――〈Mモール〉の保安部長、大谷はサンタクロースの衣裳で、モールの中を歩きながら息をついた。

お腹のところに詰めものをしているし、長靴だし、歩きにくいこと……。

しかし、これが仕事だ。

大谷はモールの広いロビーを歩きながら、人で溢《あふ》れるような状況を見て、素直に嬉しかった。

正直なもので、不況になるとこういう場所は敏感にそれを反映して、閑散《かんさん》としてしまうのだ。

もっとも、このにぎわいも時代と共に微妙に変っている。以前はイヴの夜なら夜中遅くまで人が出ていたものだが、今は割合早く帰宅する。

飲みに出ても、そう遅くならずに帰宅して家族とちゃんと食事をとるという人も多いようで、それはそれで結構なことだ。——渋い顔をしているのは、遅くまで開けているバーやクラブだろう。

「少し休もう……」

くたびれて、喉も渇《かわ》いていた。

〈Mモール〉の奥のオフィスに休憩所がある。

大谷はそこへ入って、ともかく衣裳を脱ぐと、帽子を取り、ひげを外して息をつく。

自動販売機で冷たい飲物を買って、一気に飲んだ。——暑いので冷たいのが心地良い。

椅子にかけて休んでいると、ドアをノックする音がして、

「はい？」

と、振り向くと、加藤七重が入って来た。

「やあ、よく分ったな」

「見てたもの。大谷さんがパトロールしてるの」

「受付は？」

「今日は安田さんと二人でやってる。やっぱりお客さんが多くて忙しいの」

「今は大丈夫なのか？」

「ちょっとおトイレに行って来ます、って抜けて来た」

「そうか。俺もそうのんびりしてちゃいられないけどな」

「少しは休まないと」

七重は歩み寄って、大谷にキスした。

もう何度めかのキスで、大谷も慣れている。

「今夜、大丈夫ね？」

と、七重が言った。「凄く楽しみにしてるの！」

大谷は、本当なら七重に、

「せっかくだけど、イヴの夜は少し遅くなっても家へ帰ることにしたんだ」

と言ってやるつもりだった。

しかし、七重がもう一度キスすると、その決心はどこかへ飛んで行ってしまった。

いや、俺は浮気しようとしているわけじゃない。そうだとも。

七重とは遅めの夕食をとって、ちょっと飲んで……。それだけだ。それしか望んじゃいない。

その先のことなんか……。

「俺も楽しみにしてるよ」

と、大谷は言った。

「じゃ、午前一時にね。この近くから電話するわ」

「分った」

「受付に戻るわ」

七重は休憩室を出て行こうとして、振り返り、「今夜、ホテルの部屋を取ってあるわ」

と言った。

——大谷は、閉じたドアをしばらく見ていたが、

「ホテルの部屋を？」

と呟いた。「いや……。部屋があったって、何もしなきゃいいんだ。そうだとも……」

何もしなきゃ、浮気したことにはならない。

大谷はそう自分を納得させると、

「仕事だ」

と、立ち上って、サンタクロースの姿に戻るべく、つけひげを手に取った……。

「やあ、いらっしゃい」

と、永辻が言った。

「無理言ってごめんなさい」

と、戸畑佳苗は言った。

クリスマス・イヴだけあって、レストラン〈Q〉もさすがに満席。

「大丈夫なの？」

と、佳苗が訊くと、

「どうぞご一緒に」

と、奥から声がかかった。

「まあ。——今野さん」

淳一と真弓がテーブルについていたのだ。

「お邪魔してよろしいんですか？」

と、佳苗が恐縮して訊くと、

「どうぞ。——仕事の話もあります」

と、真弓は言った。

「失礼して。あ、私、シャンパンをね」

「承知しました」

と、永辻の妻、歩美が言った。

「今夜はその一杯で終りにしますわ」

と、佳苗が言った。「何しろ明日は朝十時から、ずっとリハーサルですから」

「ご苦労さま」

と、淳一は言った。

「明日の〈Xマス・ガラ〉が終ったら、倒れちゃいそう」

と、佳苗は笑った。

「道田君も緊張してます」

と、真弓が言った。「舞台で転ぶんじゃないか、心配で眠れないと言ってました」

「問題は田ノ倉さんの安全ですよね」

と、佳苗が言った。「真弓さん、どうかよろしく」

「ご心配は無用です！」

と、真弓は断言した。

「さあ、ともかく乾杯しましょう」

と、淳一は言って、佳苗のグラスにシャンパンが満たされるのを待って、「では――乾杯」

「何に？」

「うん……。安全と健康に、だな」

三つのグラスが涼やかな音をたてた……。

レストラン〈Q〉のように、夫婦だけでやっている店は、さすがにクリスマス・イヴのように満席になると、いつものようなアラカルト・メニューでは対応できない。

それでも、三通りのメニューから選べるようにして、シェフの永辻は頑張っていた。

「まあ、私が事件の鍵？」

と、戸畑佳苗が目を丸くして、「どうしましょう。逮捕するなら、〈Xマス・ガラ〉が終ってからにして下さいね」

「いやいや、怪しいと言ってるわけじゃありませんよ」

と、淳一が笑って、「ただ、KホールとMモール、両方に係りをお持ちなのは、あなたぐらいかと思いましてね」

「ああ……。そうですね」

と、佳苗はちょっと考えていたが、「でも、高柳さんも……」

「というと？」

「奥さんは私と同じ〈F学園〉の講師ですし、ご主人はそのドイツ語の生徒さん。高柳さんがKホールのために、会田正介を招《よ》んだんです」

「なるほど」

「高柳さんは〈R興業〉の専務で」

と、佳苗は言った。「とてもすてきな方で、実は私も——」

と言いかけて、

「こんなことお話ししてしまっていいのかしら。私、高柳さんのことが好きで、水野さんと結婚されたと知ったとき、凄くショックでした」

「そうでしたか」

「でも今は……」

と言って少し考えていたが、「――妙ですね。今まで気付かなかったけど、私、高柳さんのこと、もうどうでもよくなっていましたわ」

と言った。

「それは、Kホールの司会の仕事が来たせいですか?」

と、淳一に訊かれて、

「それは……。ええ、きっとそうなんですね。そうおっしゃっていただいて、分りました。自分が必死でやらなきゃいけない仕事を前にしたら、人のことを妬んだりしている場合じゃない、って気がして来たんです」

「いいことだわ」

と、真弓が肯いて、「世の中、戸畑さんのような人ばかりだったら、犯罪も減るのに」

「全くだ。ワインも一杯だけどうです? それ以上は飲まないように見張っていますから」

「ありがとう。じゃ、永辻さん、赤をグラスで」

佳苗は赤ワインをもらって、香りをかぐと、「ああ、いい香り！――明日のことが怖くなくなりました」

「それは良かった。しかし、これ以上は飲まないで下さい」

「大丈夫です」

と、佳苗は笑った。

すると、店のドアが開いて、

「あの……」

と、女性が入って来た。

「すみません。今日は予約の方で一杯なんですよ」

と、歩美が言った。

「そうですか」

という声を聞いて、淳一が、

「あれはKホールに出るソプラノの方では？」

と言った。

「まあ、本当だわ」

佳苗が立って、「中谷さん！」

「あ……。戸畑さん」

中谷涼子だったのである。

「お一人？　良かったらご一緒に」

「でも……」

「永辻さん、いいでしょ？」

「お知り合いですか。いいですか。じゃ、どうぞ。なに、一人増えても同じですよ」

と、永辻が笑った。

「——すみません」

中谷涼子は、椅子を一つ足したテーブルにつくと、「そうだわ。ここ、戸畑さんが話してたんですよね」

「一人なんですか？」

と、真弓が訊く。

「それが……」

と、中谷涼子は少しためらっていたが、「——逃げたんです」

「逃げた？」

「ええ。——会田さんから」

「テノールの？　向うで知り合いだったって伺いましたけど」

と、佳苗が言った。

「ただの知り合いじゃなかったようですね」

と、淳一が言った。

「ええ。実は……」

と、涼子は肯いて、「恋人でした」

「そうだったんですか」

と、佳苗が肯いて、「でも、そのころって……」

「ええ。会田さんには奥さんもいました。でも、そんなことは構わず、あの人は大勢の女性に囲まれて……」

「テノールはもてますからね」

「もちろん、私も分ってました。あの人にとっては遊びだってこと。でも――私、妊娠して」

「まあ」

「コンクールもあって、もちろん産むわけにはいきませんでした。堕《お》ろして、でも、その後はやはり辛《つら》くて、会田さんと会う気になれず、そのまま……。まさか日本で会うことになるなんて」

「そうだったんですか。――大変でしたね」

と、佳苗は言った。

「で、逃げて来た、というのは？」

と、淳一が訊いた。

「ホテルの部屋に、突然会田さんが訪ねて来たんです。びっくりしました。話も何もなくて、いきなりベッドに押し倒され……」

「まあ！　射殺してやれば良かったのよ」

と、真弓が言った。

「でも、必死で押し戻して、『シャワーだけでも浴びて来て』と言ったんです。あの人、大分飲んでいたようで、自分でも少し酔いをさましたかったらしく、バスルームへ入って行きました。私、夢中で飛び出して来て……」

「そんなことが……」

「あの人を怒らせてしまったかもしれません。明日、二重唱を歌わなきゃいけないのに」

「大丈夫でしょ。会田さんもプロですよ。そんなことで歌わないとか言い出すことはないでしょう」

と、佳苗は言った。

「ええ、そうは思うんですけど」

と涼子は言った。

「さあ、ワインでも飲んで」

と、淳一が言った。「クリスマス・イヴですよ!」


「支配人、お先に」

と、声がかかる。「メリー・クリスマス!」

「ご苦労さま」

と、宮前あずさは返して、手を上げて見せた。

もう誰もいない。——あずさはホッと息をついた。

Kホールの支配人になって三年。ともかく夢中で走り続けて来た。

一年が何と速く過ぎていくか。——ただ呆然として見守るばかりだ。

そして、いつの間にか四十歳になっていた。

「メリー・クリスマス!」

と、従業員たちから声をかけられても、

「メリー・クリスマス!」

と返せないのはどうしてだろう?

「いじけてるだけかしら」

と、苦笑する。

クリスマス・イヴに恋人と甘い夜を過す。

——そんな若い日も、なかったわけではない。でも、Kホールに入って、コンサートの裏方の仕事をやるようになったら、それどころではなかった。

クリスマスのガラコンサートはKホールの名物だから、その一週間前からは連日深夜までの仕事だ。

そして、終れば大晦日の〈ジルベスター・コンサート〉で年越しもホールの中。

明ければ一月一日から〈ニューイヤー・コンサート〉……。

アッという間に正月は終り、もう「日常」のコンサートをこなす日々が続く。

支配人になってからは、さらに企画・交渉の仕事が加わって、海外のアーティストとの電話は夜中も明け方も関係ない。これでは、「恋人」など幻の幻でしかない。

「もう今年もクリスマス……」

さあ、早いところ片付けて帰らないと、また寝る時間がなくなる。

あずさは、ほとんどの場合、最後にKホールを出る。自分の目で確かめないと気がすまないのだ。

明日はいよいよ〈Xマス・ガラコンサート〉の本番。

どんなに周到に準備しても、必ず思いがけないことは起る。それを処理するのは、

「経験」しかない。

司会の件は、まだ少し気になっていたが、どのアーティストも山野の言うことを聞かなかった。山野も、これ以上は何もできないだろう……。

「はい、OK」

自分で口に出して言わないと、落ちつかないのだ。

帰ろう。——そしてベッドに潜り込む。シャワーは明日の朝でいい。

大きなイベントのある日、あずさは必ずKホールに一番早く出勤する。そのために
は、今夜、しっかり眠らなくては……。

あずさは帰り仕度をしながら、ふとどこかの扉が閉るような音を聞いた……。

「あら、ケータイが」

と、真弓は言って、バッグからケータイを取り出した。「——宮前さんからだわ。

もしもし」

「今野さんですか。今、Kホールにいるんですけど」

なぜか押し殺した声で、「帰ろうとしていたら、誰かが中へ入って来て……」

「隠れてるんですね？　すぐ駆けつけます！」

淳一が目をパチクリさせて、

「どうした？」

と訊いた。

「Kホールに侵入者よ！」

「そうか。——あり得ないことじゃないな。宮前さんは中にいるのか」

「隠れてるんですって」

「それでいい。何があろうと手を出すなとメールしておけ。行こう」

「Kホールで何か？」

佳苗が立ち上って、「私も行きます！」

と言った……。

10　罠の中

Kホールの楽屋口は開いたままだった。

「中にいるのかしら？」

と、真弓は言った。

「さあな。――そういつまでもいないと思うが」

淳一はドアの所から中の様子をうかがっていたが、しばらくして、

「人の気配はない。入ろう」

と促した。

「戸畑さん。ここで待ってたら？」

と、真弓に言われて、

「いいえ！　明日の司会は私です！　邪魔させるもんですか」

と、佳苗は断固として言った。

ホールの楽屋へ入ると、

「宮前さん」

と、淳一が呼んだ。「今野です」

「あずささん！　戸畑佳苗です。どこですか？」

声がホールに響く。

すると、

「ここです……」

と、ステージの方で声がした。

まだホール内は明りが点《つ》いている。

「──あずささん、どこ？」

と、佳苗が呼ぶと、ステージの客席寄りの辺りから声がして、ポカッと蓋《ふた》のように床の一部が開いた。

「やあ、そんな所に」

と、淳一は言った。「無事で良かった」

「メールをいただいて……。あれで落ちつきました」

「ここは何？」

と、真弓が言った。

「プロンプターボックスです。オペラのときに、ここで歌手に合図やきっかけを出すんです。使わないときはこうして蓋をしておきますから、中にいれば分らないと思って」

あずさはハンカチを取り出して汗を拭った。

「でも、じっと息を殺してるのって、苦しいですね」

「よく分ります」

と、淳一は言った。

確かに、泥棒稼業は忍耐力を必要とする。

「誰が入って来たか、分りました？」

と、真弓が訊く。

「ええ。――一人だったら、見えないから分らないでしょうけど、二人だったので、話しているのが聞こえて」

「知っている人だったんですね？」

「ええ」

と、あずさは肯《うなず》いて、「一人は山野先生でした」

「まあ！」

と、佳苗が思わず声を上げる。

「もう一人は――あの元新聞記者の杉戸です」

「そうだったんですか……」

あずさは肯いて、「で、二人で何をして行ったんですか？」

「音しか聞こえなかったんですけど……。一つは、このすぐ上の指揮台に何か細工をしているようでした」

「指揮台に？」

「『これで田ノ倉は大恥をかきますよ』と、杉戸が言っていました」

淳一は指揮台を調べていたが、

「おそらく、これだな」

指揮者はオーケストラを指揮するとき、お互いよく見えるように台の上に立つ。若い指揮者は台だけでいいが、年輩の指揮者の場合、立っていて疲れたとき、もたれかかる金属のバーがセットされる。

淳一はその「コの字」を立てたバーをつかんで、

「これは同じものですか？」

「いえ、光り方が違います」

と、あずさが言った。「うちのものではありません」

淳一が、バーにちょっと力をかけると、簡単に外れた。

「――田ノ倉さんが指揮していて、このバーにもたれたら、バーが外れて、田ノ倉さんは後ろ向きに客席へ転落しますね」

「何てこと……」

と、佳苗がため息をついた。「杉戸はともかく、山野先生がこんなことを……」

「本物と換えます。でも、あの二人、他にも何かしていたんです」

「どの辺で？」

と、真弓は言った。「大体のところでいいですから」

「たぶん……上の階へ上ってましたから……。正面のパイプオルガンの辺りだと思います」

「行ってみましょう」

と、淳一は言った。「しかし、この金属のバーなど、事前に用意しておかなくてはなりません。そのお二人では無理ではありませんかね」

「じゃ、他にも誰かが？」

と、あずさが深刻な表情で言った。

「ご苦労さま」

と、安田君江が言った。「もう帰れるんでしょ？」

「ああ」

大谷は息をついて、「今日は一日サンタクロースだったからな！　くたびれたよ」

「そうだったわね」

と、君江は笑った。

――〈Mモール〉のクリスマス・イヴは終った。

もちろん、本当のクリスマスは明日だが、現実にはイヴの方が人が出る。

午前〇時半。

〈Mモール〉も人気《ひとけ》がなくなって、保安部長の大谷もホッと一息というところだ。

「静かね」

と、君江がロビーを見回して、「あのにぎやかさが嘘みたい」

「そうだな」

と、大谷は肯いた。

「真直ぐ帰る？　ちょっと一杯飲んで行く？」

君江に訊かれて、大谷は、

「いや……。もう一回りして帰るよ。先に帰ってくれ」

「仕事熱心ね。じゃ、お先に」

「ご苦労さん」

君江は、社員用の出入口へと向ったが……。

外へ出ようとして、ちょっとためらった。

加藤七重は、もう十分くらい前に出てしまっていたのだが、君江に、

「楽しいイヴを！」

と言っていた。

君江が、

「私は帰って寝るのが一番の楽しみ」

と言ってやると、七重は、

「私だって寝ますよ。ただし、一人じゃないかも」

と、意味ありげに笑って、行ってしまった。

そのときは、かなわないわね、あの子には、と思った君江だったが……。

振り向いて、

「もしかして……」

と呟いた。

大谷が、「もう一回り」すると言ったのは、君江を帰すためだったのかもしれない。

そして、七重がどこかで大谷を待っているのか……。

七重のようなタイプの子が、クリスマス・イヴに好きな相手を誘わないわけがない、
という気もする。

それが大谷だったら……。

君江は大谷の妻、文代《ふみよ》も、息子の一郎《いちろう》も知っている。大谷の家庭がおかしくなるのを止めたかった。

もちろん、そうと限ったわけでもないが、君江は表に出ると、駐車してあった車のかげに隠れて待っていた。

長くは待たなかった。少なくとも、とても「一回り」するだけの時間はたっていない。

大谷が出て来た。足どりも軽く、歩き出す。

君江は後をついて行った。

――やがて、大谷がホテルの中へ入って行くと、君江は足を止めた。

ロビーで、大谷がケータイを使っているのが見える。

やはりそうか。――電話でルームナンバーを訊いているのだろう。

大谷がせかせかとエレベーターへ向う。

君江は思わず駆け出していた。

もちろん、他人の恋である。それも大人の、だ。君江が口を出すことではないかもしれない。

それでも、ひと言、言ってやりたかった。

「もう一度考え直して!」

と――。

エレベーターの前で、大谷は待っている。まるで今にも口笛が聞こえて来そうな様子である。

幸い、すぐにはエレベーターが来なかった。

上りの矢印が点滅して、扉が開く。君江は充分間に合った――はずだった。

突然、君江の腕をぐいとつかむ手があった。ハッとして振り向くと、

「黙ってろ」

見たことのない男が、耳もとで言った。「命が惜しかったらな」

男の右手が、拳銃を握っていて、銃口を君江の脇腹へ押し当てていた。

「何を――」

「黙ってろと言ったぞ」

エレベーターに大谷が乗って、扉が閉る。

「――よし」

と、その男は言った。「エレベーターの下りボタンを押せ」

言われる通りにするしかない。下りのエレベーターはすぐに来た。空っぽだった。

「乗って、〈B2〉を押せ」

男と二人、エレベーターに乗る。

「――どうするの？」

「黙ってろ。もう言わねえぞ」

黒いコートの下に、白のスーツが覗いていた。赤いマフラー。何ともきざだ。

色白で細面《ほそおもて》の中年男である。

〈B2〉は地下駐車場のフロアである。

「降りて、駐車場へ出ろ。右だ」

イヴの夜、駐車場もほぼ埋っていた。

その中の一台、外国の小型車のロックを開けると、

「助手席に乗れ」

「はいはい」

君江は、さすがに怖かった。逆らう気にはなれない。

男は車のエンジンをかけた。

車が深夜の閑散とした町へ出る。

どこへ行くの？――そう訊きそうになって、君江はあわてて口をつぐんだ。

「ドライブしよう」

と、男は言った。「少し遠出するぞ」

「はあ……」

車は郊外へ向った。高速を山の方へ向っている。

そして、途中で下りると、人気のない山の中へ入って行った。君江も血の気がひいていた。

車は林の中で停った。

「震えてるな」

「はい……」

「ここで殺されて埋められる。そう思ってるんだろ」

「――そうなってほしくありませんけど」

「俺は遠山《とおやま》。いい名だろ？」

手はいつの間にか拳銃を握っている。「ものは相談だ。安田君江さん」

君江は目をみはって、

「私の名前を？」

「知ってるとも。〈Mモール〉の受付ってこともな」

「はあ……」

「俺はあんたを殺して、この林の奥へ埋めたくない。穴を掘って埋めるのは大変だ。そうだろ？」

「ええ……」

「それに、あんたは、どことなく俺のお袋に似てる」

「は……」

「しかも、だ。俺のお袋も『きみえ』っていった。字は違うがな」

と、遠山は言った。「だからあんたを殺したくない」

「殺されたくないです」

汗がこめかみを伝い落ちる。

「で、相談だ。あんたの選べる道は二つ。一つはここで殺される。もう一つは、俺たちの仲間になる」

「仲間……」

「そうだ」

君江は、やはり死にたくなかった。

「仲間になります」

「そうか。——誓うか?」

「はい、誓います」

「よし、それなら俺も嬉しい」

と、遠山は言って、拳銃をしまった。

「それで……私、何の仲間になったんですか?」

手芸教室とかコーラスとかならいいけど、と思ったが、そんなことなら「殺す」なんて話にはならないだろう。

「もちろん、〈Mモール〉の金をいただくのさ」

君江は目を見開いた。思ってもみないことだった。

「お金……ですか」

「ああ」

「でも……いつ?」

「大晦日だ。銀行へ預けられない金が、正月明けまで残る。知ってるだろ?」

「ええ……」

「それだけじゃない。今年は特別なんだ」

「何かありましたか」

君江は考えたが、思い当らない。

「まあいい。後で教えてやる」

君江はともかく命拾いしたらしい、と分ってホッとしたが……。

「私、何か役に立つんでしょうか?」

「立つとも。受付だからな。〈Mモール〉のことは詳しいだろ?」

「ええ、一応は……」

「誓ったんだ。忘れるなよ」

「分ってます」

妙な義務感から、君江はこの男の言う通りにしようと決心していた。

「——あの、一つ訊いていいですか？」

「ああ」

「どうしてあそこで私を？」

「あそこ？」

「あのホテルのエレベーターの前で、ってことです」

「ああ、そうか。知らないんだな」

と、遠山は言った。「あんたに計画を邪魔されそうだったからさ」

「計画を？」

「ああ。今度の仕事には、あいつの協力が必要だ。保安部長の大谷のな」

君江は少し考えて、やっと分った。

「じゃあ……七重ちゃんも仲間なんですか？」

「もちろんさ。今ごろ、あの人のいい大谷って奴を、うまく誘惑してベッドへ引きずり込んでるだろう」

「じゃ、それで大谷さんを脅して……」

「浮気を家族にばらされたくないだろうからな」

「そんな……。可哀そうです」

「ああ。大谷が積極的に仲間になるのは難しいだろう。七重もそう言ってた」

「真面目な人ですから」

「だから、一緒に仕事をしろとは言わない。ただ、ある時間だけ、目をつぶっていればいい」

「でも――」

「むろん、クビにはなるかもしれないな。しかし、仲間として捕まるようなことにはさせない」

「そううまく行きますか？」

「あんた次第だ」

「私？」

「あんたが仲間として、ちゃんと働いてくれたら、大谷は何もしなくていい。――どうだ？」

「はあ……」

私が――泥棒になる？

君江には想像もつかなかった。思い浮んだのは、昔見たギャング映画で、ごく普通の太ったおばさんが機関銃を撃ちまくっているシーンだった。

結局、取り囲んだＦＢＩに射殺されてしまうのだが……。

私も、あんな風に最後には警官隊に囲まれて、撃ち殺されるのかしら？

「何を考えてんだ？」

と、遠山に訊かれて、

「いえ……。ちょっと昔の映画を」

「映画？」

「いいんです。――大谷さんは奥さんも息子さんもいます。私なら、私一人刑務所に行けばすむわけですから……。私、ちゃんと働きます」

と、君江は言った。

「いい覚悟だ」

と、遠山は肯いて、「俺も、あんたは頼りになる、と一目見て思ったよ」

「どうも……」

ほめられてもあまり嬉しくはない。

「あの……もし、大谷さんが七重ちゃんの誘いを振り切って帰宅していたら？」

と、君江が訊くと、遠山は笑って、

「そんなことがあると思うか？」

「たぶん……ないですね」

と、言わざるを得なかった。

「さて、帰りのドライブで、どこか寄りたい所はあるか？」

と、遠山は訊いた。

「寄りたい所、ですか……」

と、君江は言った。

とたんに、君江のお腹がグーッと音を立てた。

「何だ、晩飯、食べてないのか」

と、遠山が言った。

「忘れてました。途中でちょっとサンドイッチぐらいはつまんだんですけど……」

「体に悪いぜ。よし、遅い晩飯といこう」

遠山が車を出す。

助手席で、君江はそっと遠山の横顔を見ていた。

妙な男だ。——君江を「仲間」にして喜んでいる。

明日になれば、君江が警察へ届け出るかもしれないのに、そんなことは考えないのだろうか？

「この時間に開いてて、入れる店を知ってるか？」

と、遠山は言った。

「ああ……。そうですね。イヴですものね」

「とんだデートで気の毒だな」

と言って遠山は笑った。

「あの――」

「何だ？」

「私が払うんでしょうか？」

遠山は愉《たの》しげに、

「ここは一つ、割り勘ってことにしよう」

「そうですね。じゃ、青山の〈K〉ってお店がいいと思います。シェフのこともよく知ってますし」

「よし。じゃ、案内してくれ」

――何とも奇妙なクリスマス・イヴになったのである。

11　メリー・クリスマス

ちゃんと帰宅する。

大谷はそう決心していた。

たとえ七重と浮気しても、ちゃんと朝になる前に自宅へ帰る。――それがせめてもの文代への誠意だ。

文代が聞いたら、

「どこが誠意？」

と、にらまれるかもしれないが、少なくとも大谷の中では、「夜の間に帰る」ことが大切だったのである。

で……どうなったかといえば、七重のやさしいキスとワインの酔いに、大谷は全くためらう間もなくベッドへと転り込み――そして、まるで若い日々に戻ったように張り切って、疲れて――当然、眠っちまったのである。

「うん……」

大谷はモゾモゾと動いて、「ただいま……。ちゃんと帰って来たぞ……」

家へ帰った夢を見ているのだった。

「メリー・クリスマス、文代……」

と言いつつ大欠伸して……。

目を覚まして――さすがに、自分が家で寝ているわけではないことはすぐ分った。

「まずい！」

カーテンが開けられて、明るい日差しが入って来ている。

「あ、おはよう」

七重がバスルームから出て来た。もうちゃんと化粧もすませている。

「俺は……眠ったのか」

「うん。帰るぞ、帰るぞ、って言いながら、ぐっすり」

「そうか……」

「すてきな夜だったわね。――でしょ？」

七重がベッドの大谷にやさしくキスした。

「ああ……。夢のようだった。君は本当に魅力的だ！」

大谷は起き上って、「いや……青春がもう一度やって来たようだった」

「とっても若々しくて、元気だったわよ」

「そうか？」

と、大谷はニヤニヤしたが、「いや、いかん！　こんなことは二度とあっては……」

「あら、もう付合ってくれないの？」

「俺には妻も子もある。――一度の夢で終らせよう」

「それならそれでもいいけど……」

と、七重は言った。「でも、タダじゃいやだわ。やっぱり償いをしてくれないと」

「どういう意味だ？」

「つまりね……」

と、七重はケータイを取り出すと、「この写真が、奥さんのところだけでなく、ネットで全国に出回るってこと」

大谷は、二人の写真を見て、

「七重……」

「ごめんね、騙《だま》して」

「君は……」

「大谷さんのこと、本当に好きよ。でも、ビジネスはビジネス」

「ビジネス？」

「お金の問題ってこと」

「俺を……ゆするのか？」

「まさか」

と、七重は笑って、「大谷さん、ゆすったって、大したお金になんないでしょ。狙いは〈Mモール〉の稼ぎ」

「何だって？」

唖然《あぜん》としている大谷は、七重が部屋のドアを開けて、

「入っていいわよ」

と、男を中へ入れるのを、ぼんやりと眺めていた。

「お取りこみのところ、失礼」

スーツ姿の男は、にこやかに、「私は遠山という者でして……」

と言った……。


ほとんど眠らないままに、目覚し時計を鳴る前に止めて、宮前あずさはベッドに起き上った。

「さあ……」

と、自分に向って、「本番よ」

たいていの人は、ゆうべのイヴに飲んだり騒いだりして、今朝はゆっくり眠ってい

るだろう。しかし、あずさはそうはいかない。

いつもより二時間早く、Kホールへ着くようにするのだ。

〈Xマス・ガラコンサート〉は、夜、六時の開演だが、何しろ出るアーティストが多く、リハーサルの時間が取れない。空いている人は朝八時ごろから、リハーサルをすることになっていた。

オーケストラと合せる人は昼過ぎから。

ちゃんと時間通りに人が揃うか、迎えるあずさの方も胃が痛い。

「でも、——何とかなる！」

あずさは思い切り伸びをして、そう宣言すると、裸になってバスルームでシャワーを浴びた。

朝食はホール近くで取る。

身支度をして、化粧も済ませ、予定通りにマンションを出る。

タクシーを拾う前に、手にした鞄《かばん》の中をチェックする。忘れ物をして取りに戻っている暇はない。

外はよく晴れて、風もない。むろん空気は冷たいが、思い切り吸い込むと体が目覚めてくる。

「Kホールへ」

と、運転手に言って、スケジュール表を取り出し、確認する。

ケータイが鳴った。——当日になって、「体調が良くないから出ない」と言ってくる人は必ず一人二人いる。

本当に病気なら仕方ないが、ただプレッシャーで神経質になっていることもある。そのどちらなのか、見極めなければならないのだ。

ケータイ番号には見覚えがなかったが、たぶん、「あの女性ピアニスト」じゃないかしら、と見当をつけ、

「はい、宮前でございます」

「あ……。私……」

予想は当った。「私」としか言わず、名のらないのが、この人のくせだ。

「おはようございます。今日は〈Xマス・ガラコンサート〉、よろしくお願いします！」

と、先手を打つ。

「そのことなんだけど……。ゆうべから、体調が悪いの」

「あら、そうですか」

「どうしようかと思って……。行っても、弾けるかどうか分らない。いえ、ひと通りは弾けると思うのよ。でも、お客様には分っちゃうと思うのね。それぐらいなら、い

っそ初めから出ない方が……」

本当に体調が悪ければ、「弾けない」と言うだろう。

「でも、お客様も楽しみにしてらっしゃるんですから」

と、あずさは言った。「ともかく、おいでになって下さい。それからご相談にのりますから」

「そう？　でも……」

「私、もうホールへ向ってるんで、今タクシーの中なんです」

「まあ、こんなに早く？」

「はい。ホールの者全員が早出して、お待ちしてるんです。ぜひお顔だけでも出して下さい」

いささか元気過ぎるかと思うくらいの口調で言うと、「ピアノが待ってます、弾かれるのを！」

とっさに思い付いた決めゼリフだったが、効いたようだ。

「そう……。そうね。ピアノが待っててくれるのね」

「そうですよ。弾いていただけなかったら、ピアノが寂しがります」

向うは声を上げて笑った。

「分った。行くわ。宮前ちゃんにはかなわないわね」

「今ごろ分ったんですか？」

「じゃ、リハーサル、十一時だっけ？」

「そうです。十五分前にはおいで下さい」

「ええ。それじゃ後で」

「お待ちしています！」

通話を切って、「――やれやれ、だわ」

アーティストたちは神経質だ。確かに、二千人の聴衆が、一人の演奏にじっと耳を澄ましているという状況。

たった一つでも音を外したら、すぐに知れる。――もちろん、人間だからミスはある。

落ち込みそうになったら支えてやるのも、ホールの役目である。

「よし……。忘れてることはない、と」

スケジュールを確認して、ちょうどタクシーがホールへ着く。

しかし、タクシーを降りてびっくりした。

「おはようございます」

真弓が立っていたのだ。

「真弓さん、こんなに早く？」

「警備には、これぐらいのていねいさが必要です」

「申し訳ありません、私の方が遅いなんて」

「いいんですよ」

と、淳一がやって来る。「目覚し時計のセットを間違えて早く起きちまったんです」

「あなた、何もバラさなくたって」

「ともかくありがたいですわ」

と、あずさは言った。「どうぞよろしくお願いします」

「任せて下さい！」

と、真弓は肯いて「ホールの近くに、私服の警官を約二十名、配置してあります。万一何かあったときは一斉にホール内へ突入します」

「そんな騒ぎにしないで納めるのが、お前の役目だろ」

「分ってるわよ。念には念を入れて、よ」

「ところで」

と、淳一はあずさと一緒に楽屋口から中へ入りながら、「例の評論家の山野と、元新聞記者の杉戸ですが……」

「ええ、一応連絡しておきました」

「ぜひ〈ご招待〉に応じてくれるといいですね」

と、淳一は微笑んで言った。

そこへ、ステージの方から人の声が聞こえて来た。

「あら……」

「上には上がいますね」

と、淳一が愉快そうに言った。

「──あ、おはようございます」

ステージに立っていたのは、スーツ姿の戸畑佳苗だった。

「まあ、早いんですね！」

「眠れなくって」

と、佳苗は照れたように、「でも、大丈夫。司会が終るまでは倒れません」

「でなきゃ、困りますよ」

と、あずさは苦笑した。

「さあ、準備にかかりましょう！」

と、佳苗は言った。


「もしもし」

「先生ですか。杉戸です」

「やあ、ゆうべは……」

「今、目が覚めたんで、メールをチェックしたんです。そしたら何とKホールの招待のお知らせでした」

「ああ、それなら、私の所にも来た」

と、山野は言った。「まあ、やはり何といっても、私抜きでは始まらんということだ」

「行かれますか」

「そうだね。まあ、一応聞いておかないとね」

「では、僕も行きましょう」

と、杉戸は言った。

「ではホールで会おう」

と、山野は言った。

杉戸は電話を切ると、大欠伸をした。

「——何しろ昨日は大仕事だったからな」

と呟いて、フッと笑うと、「あの効果の程を確かめたいしな」

杉戸は欠伸をくり返しながらバスルームに入ると、顔を洗って、鏡の中を見ると、自分に向って、

「メリー・クリスマス」

と言った。

すると——。

「メリー・クリスマス」

え？　何だ、今のは？

杉戸はタオルで顔を拭くと、振り向いた。

確か今、誰かが「メリー・クリスマス」って言ったような……。

バスルームを出ると、

「誰かいるのか？」

それとも空耳か——こだまがこんな部屋の中で聞こえるわけないしな。

首をかしげながら、大して広くもない部屋の中を見回して、

「気のせいかな……」

と呟く。

目覚しに、シャワーでも浴びるか。

杉戸は伸びをして、バスルームの中へ戻ると、裸になって、シャワーカーテンを開けた。

それは目の前に立っていた。

「メリー・クリスマス」

と、ニヤリと笑って言うと、鋭い刃物が杉戸の白くたるんだ腹へと呑み込まれた。

「あなた」

と、文代が声をかけた。「もう出ないと」

「うん？　ああ……そうだな」

大谷は寝室でぼんやりしていた。

「具合悪いの？　でも今日は休めないでしょ？」

「今日？――今日は何の日だったかな」

「いやね、クリスマスじゃないの！　しっかりしてよ」

と、文代は笑った。「今日、帰ったら一郎のクリスマスプレゼント、考えといてね。スキーから戻るまでに」

「そう……。そうだったな。文代、すまない」

「私に謝らないでよ」

「いや……。ゆうべ、ちゃんと帰るつもりだったんだ。本当だ。それがついひと眠りと思ったら……」

「もういいわよ。年令《とし》をとったのよ、あなたも」

文代はそう言うと、「朝、食べて行くでしょ？」

「ああ……。仕度する。今日は……クリスマスだからな」

大谷はやっと立ち上った。

洗面所へ行き、顔を洗うと、鏡の中の自分をまじまじと見て、

「救い難い馬鹿だな、お前は」

と呟いた。

七重の誘いに、手もなくのってしまって、結局は騙されていただけだった……。

当り前だ。こんな冴えない中年男に、七重のような可愛い娘が本気で惚れるわけがない！

裏に何かあると思うべきだった。しかし……。

「もう遅い……」

ゆうべ、七重を相手に奮闘したのは事実である。向うはしっかりビデオも撮っていたのだった。

あんな亭主の姿を文代には見せられない！

「――簡単でいいぞ」

仕度をして、ダイニングキッチンに来ると、大谷は好みの和食が用意されているのを見て、「朝なんか、ろくに食べないんだから……」

「でも、もし沢山食べたいときに、足りなくなったらがっかりでしょ？　余る分には、私がお昼にでも食べるから」

と、文代は言って、「はい、おミソ汁」

「ああ……」

大谷はお茶を一口飲んだ。

「今日はやっぱり人出が多いの？」

「昨日ほどじゃない」

と、大谷は言った。「やっぱりピークはイヴだ」

「でも大晦日までは気が抜けないでしょ」

大谷の手が一瞬止った。

「――うん。そうだな」

「お正月、二日までお休みで、まだ助かるわよ。今はほとんど二日から開くし。デパートだって」

「うん。二日からって案もあったらしいが、入ってる店の方が反対したんだそうだ」

「それでいいのよ。お友だちのデパート勤めの人なんか、一日は〈福袋〉作りで出勤ですって。休みなんかないわ、って嘆いてた」

「そうか……大変だな」

と、大谷は朝食を食べながら、「今度の正月は初詣《はつもうで》に行きたいな。天気さえ良ければ」

「そうね。親子でお正月の町を歩くのも悪くないわ」

文代は微笑んだ。

大谷の胸は痛んだ。――俺はどうしてこんな可愛い女房を裏切れたんだろう！

「あなた、そろそろ行かないと」

「うん……」

大谷ははしを置くと、「ごちそうさま、おいしかった」

「まあ、珍しいこと言って」

と、文代は笑った。「プロ野球のことしか言わない人が」

「おはようございます」

と、安田君江が言った。

「ああ。――おはよう」

大谷は肯いて見せて、「少し遅れたな」

「大丈夫よ。今日はみんなのんびりだわ」

「うん……」

大谷はロッカールームで、保安係の制服に着替えた。

ゆうべの——いや、今朝の出来事は夢じゃなかったのだろうか。

あの男——遠山といったか。

奇妙に紳士的な男だった。もちろん、言っていることは「脅迫」だったのだが。

大晦日の現金を狙う？　——しかし、どうやって？

大谷に、遠山は、「何かしろ」とは言わなかった。

「何もしないでいてくれればいい」

と言った。「もちろん一一〇番通報は困りますがね」

もし、裏切れば家族の身も危い、と匂わせた。文代のことも、一郎のことも知っていた。

「仕方ない……」

と、大谷は呟いた。「なるようになれ、だ……」

ロビーへ出て行くと、君江が注意書きの立札を動かしていた。

「俺がやるよ」

「ああ、ごめんなさい」

と、君江は言った。「大丈夫？　疲れてるようだわ」

「なに、これぐらいの力はあるさ」

大谷は立札をヤッと持ち上げて、定位置へと運んで行った。

——安田君江は、大谷が疲れていることも、そのわけも知っている。

しかし、あの遠山という男は、君江のことを大谷には言わない、と約束した。

「別に知らなくても、一向に困らないからね」

と、遠山は言った。

君江自身、自分が何をするのか、具体的には聞かされていないのだ。

遠山は、

「そのときが来ればちゃんと言う」

とだけ言った。

妙なことに、君江はあの遠山という男の言葉を信じていたのだ。

本当なら、泥棒の言うことなどあてにならないと考えるのだろうが、遠山には何となく「信じてもいい」と思わせる雰囲気があったのである。

「おはようございます！」

「おはよう」

明るい声がして、七重が、いつも通りの笑顔でやって来た。

と、君江は言った。「ゆうべは遅かったの？」

「でも、若いから大丈夫！　二、三時間ぐっすり寝れば」

「いいわね、若い人は」

七重は遠山から君江のことを聞いているのだろうか？　それとも、遠山は七重にも話していないのか。

少なくとも、七重の様子からは、どっちとも知れなかった。

「大谷さん、おはようございます！」

七重が明るく声をかける。

大谷はさすがに顔を真赤にして、言葉は出ないまま、七重をじっと見送っていた。

七重の方が役者が上だ……。

12　リハーサル

「おはよう」

と、田ノ倉が妻の山並しのぶを連れてやって来た。

「おはようございます」

宮前あずさは急いで駆け寄ると、「お出迎えしなくて失礼しました」

と、息を弾ませた。

「我々は子供じゃない。幼稚園のようなお迎えはいらんよ」

と、田ノ倉は笑って、「オケの連中は？」

「はい、もう八割方ステージに」

「集合時間は――」

「あと十五分あります」

「もうとっくに全員揃《そろ》っとるかと思ったがな」

と、田ノ倉が渋い顔をすると、しのぶが、

「みんな大変なのよ。ゆうべ、よそのコンサートにトラで出てる人もいるし」

トラとは「エキストラ」のことで、オーケストラに、メンバー以外の人間が臨時で入るという意味である。

「やれやれ。二日酔は勘弁してくれよ」

「田ノ倉先生が振られるんですから大丈夫ですよ」

と、あずさは言った。「みんな怖がってますから」

「何を言う！　こんな心のやさしい人間を捕まえて。——なあ」

と、しのぶを見る。

しのぶは聞こえなかったふりをして、

「ともかく、楽屋で。今日は大変なんでしょ、楽屋」

「そうなんです。出演者分はとても足りないので、他の方と兼用で、申し訳ありません」

「いいえ、いいわよ。男と一緒でなきゃ」

「田ノ倉先生はお一人で指揮者用の部屋をお使いいただけます」

「そうか。それならお前も一緒に使ったらいい。一人でも空けば楽だろ」

「でも——しのぶさんはいいんですか？」

「ええ、夫婦ですもん。別に恥ずかしいこともないし」

「ありがとうございます！　助かります」

と、あずさが言ったのは本音である。

演奏家の中には、

「あいつと一緒の楽屋なんかごめんだ！」

とか、

「あの人にだけは着替えるのを見られたくないの！」

とか、色々いるのである……。

「この人とこの人は犬猿《けんえん》の仲」

といったことも頭に入れておかなくてはならない。

「では、こちらをお使い下さい」

と、あずさは指揮者用の楽屋のドアを開けた。「──あら」

中のソファにゆったり寛《くつろ》いでいたのは、会田正介だったのである。

「やあ、おはよう」

と、微笑んで見せる。

「会田さん……。いつおいでに？」

「十分くらい前かな。その辺にいたのに、『一番広い楽屋は？』って訊いたら、ここだって言うから」

「会田さん、すみませんが――」

「僕は特別ゲストだろ？　当然、この部屋を使わせてもらえると思ってね」

すると、しのぶが部屋の中へ入って行き、

「私、今から裸になるの。出て下さる？」

と、言った。

「どうぞご遠慮なく。僕は一向に構わないよ」

「そう？　それじゃ」

しのぶがコートを脱いで、会田の頭にスポッとかぶせ、「しばらくこのままでね」

「分った分った」

会田はあわててコートを外すと、「息ができないよ！」

「ご案内します」

と、あずさが言った。「広い方の楽屋ですから。ただ、お一人というわけには……」

「男の方に気のある奴じゃないだろうね。僕はよく男に惚れられるんだ」

「大丈夫だと思います」

田ノ倉としのぶを残してドアを閉めると、

「こちらです」

と、案内して行く。

「あ……」

ちょうどやって来た中谷涼子とバッタリ出くわす。涼子が目を伏せ、

「おはようございます」

と言った。

「おはよう。今日はよろしくね」

会田は平静を装ってはいたが、その笑顔はぎこちなかった。

あずさも、涼子と会田のことはゆうべ聞いていた。

オペラ歌手の男性は女性にもてる。特にテノール歌手にはそういう伝説がある。

むろん、もてる、もてないは個人の私生活の問題で、他人が口を出すことではないだろう。あずさも、それはよく分っている。

テノール歌手が、精進を重ねて人気を得てから、女性と遊ぶのもいいだろう。しかし、「もてて当たり前だ」と思って、強引に女性に迫ったり、非常識な振舞に及ぶのは、全く別のことである。

会田は確かに実力もあるだろうが、しかし世界のオペラハウスで引張りだこと言うほどでもない。

「――こちらの部屋をお使い下さい」

と、あずさはドアを開けて言った。

「ありがとう。まだ誰もいないね。――僕のリハは何時だった？」

「お昼ぐらいになるかと思います」

「分った。そのつもりでいよう」

と、会田は手にしていたステージ衣裳をソファの上に投げ出す。

「では、近くなりましたら、係の者がお声をかけますので」

と、あずさが出ようとすると、

「あ、ちょっと」

「はい。何かお入用のものが？」

「中谷君はどの部屋？　打ち合せしておく必要があるんでね」

「女性の方々は、お着替えも大変ですから、お打ち合わせはリハーサルだけでお願いします。では」

あずさはそう言ってドアを閉めてしまった……。


「もう少し速いテンポにできないか？」

と、田ノ倉が言った。「その前と、あまりテンポが変らないだろ。それじゃ効果がなくなる」

「はい。その前を少し落として、こっちを速くしますか？」

「うん。それがいい。――棒をよく見て！」

と、オーケストラに向って言った。

ピアニストは、今日本でも三本の指に入るといわれる女性である。

しかし、田ノ倉の細かい指示に、汗をかきながら必死でついて来る。その姿は、音大の学生のようだった。

――オーケストラとの共演者のリハーサルは、至って和やかに始まったのだが、三十分もしない内に、田ノ倉はいつもの調子で、一切の妥協《だきょう》を許さず、真剣そのものになっていた。

「難しい理屈をこねて、ユニークな解釈を聞かせるのは簡単だ。お客をただ楽しませるのは、本当に大変なんだぞ」

と、ソリストに向ってくり返した。

「――凄いわね」

と、ステージの袖で聞いていた真弓が感心している。

「あれこそ本当のプロだな」

と、淳一が肯く。

「あら、あなた、いたの？」

「お前こそ、こんな所でリハーサルを覗いてていいのか？」

「今、見回ろうと思ってたとこよ」

と、真弓は涼しい顔で言った。

――リハーサルが始まって、時間はどんどん過ぎて行った。

出演者も次々にやって来て、宮前あずさは息つく間もない忙しさだった。

ロビーで真弓と会うと、

「ご苦労さまです」

と、あずさは言った。「お昼、召し上りましたか?」

「ああ。――いえ、まだです」

「よろしければ売店のサンドイッチでも」

「じゃ、今の内に食べておきます」

「では私も」

と、あずさは言って、ホールのロビーにある売店でサンドイッチを二つとコーヒーを買った。

「どうぞ。――お代は結構ですから」

「そうはいきません! 私どもは公僕ですから、おごっていただくわけには……」

あずさは笑って、

「真弓さんって、真面目な方なんですね」

「頑固なだけです」

自分でよく分っているようだ。

サンドイッチとコーヒー代を渡すと、小さなテーブルで立って食べ始める。

「——何か問題は？」

と、真弓が訊いた。

「ええ……。一人、ヴァイオリンのソロの女性が帰ってしまいましたけど、すぐ戻ってくるでしょう」

「何かトラブルが？」

「いえ、たまたま、大先輩のピアニストの方と、ドレスがそっくりだったんです。それで急いで別のを取りに……」

「いろんなことがあるんですね」

「これが生のステージの面白いところです」

と、あずさは言った。

「——真弓さん」

と、やって来たのは、早くもエジプト兵の格好になった道田だった。

「あら、似合うわよ」

「そうですか？」

「奴隷の方が似合うかもね」

「でも、やっぱりどっちも寒いです」

「上に何かはおってらして下さい。本番までまだ大分ありますわ」

と、あずさは言った。

「なに、大丈夫です。――ハクション！」

と、道田が思い切りクシャミをした。

「あずささん」

と、やって来たのは戸畑佳苗だった。

「どうかしました？」

「いいえ。何だか落ちつかなくて」

「コーヒーでも？」

「そうですね。何かお腹に入れておいた方が……」

「本番がスタートしたら、食べている暇はありませんよ」

佳苗は肯いて、

「――山野先生からメールが」

「まあ、何て言って来られたんですか？」

「〈君の司会ぶりを楽しみにしてる〉と。――笑うつもりなんでしょう」

「気にしないことです」

「ええ。もちろん！」

佳苗は力強く言った。

「あの――僕もサンドイッチを……」

と、道田がおずおずと言った。


「よし、ここで一区切りだ！」

と、田ノ倉が指揮棒を置く。「ソリストのリハーサルがあるだろう？」

「はい、お願いします」

と、あずさが言った。「オケの方は、午後三時から次のリハーサルです」

田ノ倉は肯いて、指揮台を下りると、オーケストラの方を向いて、

「よくやった」

と言った。

オケのメンバーが呆気に取られた。

田ノ倉が袖にいなくなると、

「おい、珍しいな！」

と、口々に言った。

「ほめられるなんて！」

あずさが笑って、

「今日は本当に上機嫌だわ」

と言った。

「そんなに怖いんですか、いつも」

と、真弓が言った。

「めったにほめないんです。ちゃんとできて当たり前ですから」

と、あずさが言った。

――ピアノやチェロなどのリハーサルが始まった。

「例の山野広平ですが」

と、淳一が言った。「どの座席に？」

「そうですね」

と、あずさはちょっと考えて、「たいてい評論家の方の席は、一階の大体中央辺りということになっています」

「なるほど」

淳一はニヤリと笑って、「今日はどうです？　一階最前列の、指揮者の目の前というのは」

「ああ！」

と、あずさは肯いて、「それっていいですね！　ぜひそうしますわ」

山野は、支えの棒が外れて、指揮者が転落すると思い込んでいる。

もちろん実際は交換してあって、大丈夫なのだが、そうとは知らない山野。自分の上に田ノ倉が落っこちて来るかもしれないと思うだろう。

「――きっと音楽どころじゃないですね」

と、あずさは笑いをこらえている。

「あずささん」

と、戸畑佳苗がやって来た。

「何か？」

「また山野先生からメールで、リハの様子を見たいと……」

「まあ、それで？」

「私、宮前さんに訊いてみます、と言っておきました。どうします？」

「リハーサルは、関係者だけのものです。特に山野先生は、司会でも何でもないんですから。いいわ、私が連絡します」

あずさのきっぱりとした言い方に、佳苗はホッとした様子で、

「分りました。お願いします」

と言った。

淳一がロビーへ出てみると、真弓がケータイで話していた。

「――それって間違いないのね？　――分ったわ」

真弓が、いつになく深刻な表情をしている。

「どうした？」

「今、連絡が――。あの元記者の杉戸のこと」

「杉戸がどうした？」

「死体で発見されたんですって」

「何だと？」

「自宅のバスルームで」

「それは……発作か」

「刃物で一突き」

「殺されたのか。――そいつは妙だな」

「ねえ。今夜の招待がむだになったわね」

「当人はそれどころじゃないぜ」

そこへ、あずさがケータイを手にやって来た。

「山野先生、不機嫌なこと」

と、苦笑して、「でも、頑として断りました」

「それでいいんですよ」

「ええ。――戸畑さんに頑張っていただくのが何より大切ですからね」

と、あずさは自分へ言い聞かせているようだった。

山野から相当言われたのだろう。

「アーティストに対して、あんな真似をしたんだ。評論家の資格はありません」

淳一の言葉に、あずさもやっと微笑んだ。

「ああ、それと杉戸の招待は不要になりましたよ」

「え？」

淳一が事情を説明すると、あずさは愕然として、「――殺された？　何てことでしょう！」

「まあ、今日のガラコンサートには関係ありませんがね」

と、淳一は言った。

「ええ、本当に。――そんなことで、ここの大切なコンサートが台なしになったりしたら……」

「私、杉戸の所へ行ってみるわ」

と、真弓が言った。

「おい、待て。そっちはそっちで誰かが行ってる。お前の任務は、このコンサートを守ることだろ」

「それはそうね」

と、真弓は肯いて、「じゃ、あなた、代りに行って来て」

淳一は目を丸くして、

「俺は刑事じゃない」

「同じようなもんよ」

刑事と泥棒が「同じようなもの」とは、とても淳一には思えなかったが、

「じゃ、ともかく様子を見てくる」

「ええ。行ってらっしゃい！」

と、真弓は手を振った。

「杉戸の住所を教えてくれ」

と、淳一は言った……。


「じゃ、次は中谷君と会田君の二重唱だ」

と、再び指揮台に戻った田ノ倉が言った。

「用意できてるか？」

「ちょっとお待ち下さい」

と、あずさが楽屋の方を見て、「会田さんが……」

「何だ、我らのテノールは何をしてる?」

「今、みえました!」

と、あずさが言った。

「やあ、どうも」

と、ラフなスタイルで、会田がやって来た。

「どうぞよろしく」

と、中谷涼子が小さく会釈した。

「では、マエストロ! よろしく」

と、会田が笑顔で言った。

「では、〈椿姫〉の〈パリを離れて〉だ。いいね」

テノールとソプラノが並ぶと、オーケストラもピシッと引き締まる。田ノ倉の棒が
ゆっくりと哀愁を帯びたメロディを描き出す。

二重唱を一旦通して歌うと、拍手が起った。

しかし、田ノ倉の表情は厳しかった。

「会田君」

と、田ノ倉は言った。「君はいつも二重唱をそんな風に歌うのか」

会田は当惑顔で、

「どこかいけませんでしたか？」

「二重唱は二人のものだ。君一人が目立てばいいというわけではない」

「それはまあ……。しかし、イタリアでは、ついて来られない方が悪いと言われますよ」

「歌の中身を考えたまえ。ヴィオレッタは死にかけている。君はその恋人だ。死にかけている彼女を支えてやれなくてどうする」

会田は肩をすくめると、

「彼女を抱き上げて歌いますか？」

と言った。

笑いが起きたが、田ノ倉は首を振って、

「君らはここでは対等だ。そのつもりで、私の指揮を見て歌いたまえ」

と言った。「もう一度、初めから」

会田の顔がこわばった。

「待ってくれ。——田ノ倉さん、あんたは日本じゃ有名かもしれないが、僕は世界で知られてる歌手なんだ。オペラがどうあるべきかは、僕の方がよく知ってる。僕はいつもの通り歌う。あんたはそれに棒をつけりゃいいんだ」

重苦しい空気になった。──田ノ倉は、しかし少しも表情を変えず、

「言うことはそれだけかね」

「まあね」

と、会田が澄まして言った。「僕に合わせてくれないのなら、僕は帰る」

「そうか」

と、田ノ倉は肯いて、「では帰れ」

会田はサッと顔を紅潮させた。

「──僕を抜きでやろうっていうのか？　客がさぞ怒るだろうね」

「君に心配してもらわんでいい」

「そうですか！　じゃあ……。わざわざ日本へやって来て損をしたな」

会田は大股に袖へと入ってしまった。

「田ノ倉さん……」

と、中谷涼子が言った。「私より会田さんが目立つのは仕方ありません。好きに歌わせておけば──」

「私には、音楽を裏切ることはできない」

と、田ノ倉は言った。「プログラムについては後で考えよう。君、少し休んでいて

くれ」

「はい……」

涼子は小さく会釈して、袖へと戻って行った……。

13　影

いくら、「似たようなもの」と言われてもやはり淳一としては多少気がひける。

しかし、殺された杉戸のマンションの部屋へ行くと、

「ああ、今野さん」

と、若い刑事が快《こころよ》く迎えて（？）くれた。「真弓さんから連絡もらってます」

「入っていいかい？　邪魔はしないよ」

「どうぞ。検死官が遅れてるんで、死体はそのままです」

「忙しいのか」

「ゆうべ飲み過ぎて、起きられないようで」

淳一は苦笑して、中へ入った。

バスルームの死体を見下ろして、

「こんな死に方はしたくないな」

と呟く。

傷は深く、真直ぐ入っている。

ためらいがない。――これはプロの手口だ、と思った。

しかし、なぜ杉戸が殺されたのか？　単に新聞社をクビになった記者というだけで、殺される理由はない。いや、殺されるほどの人物だったとも思えないが……。

淳一は、雑然とした部屋の中を見回していたが――。

一枚の絵が、額に入って掛けてある。

「こいつは……」

淳一でも知っている有名な画家の版画の一枚である。版画だから、何枚もあるわけで、値は絵画に比べるとずっと安いが、それでも百万近いだろう。

杉戸が持っているのは、少し不自然だった。

淳一は、その額を外すと、裏を見た。

一枚の紙が貼り付けてある。

淳一はそれをはがして見ると、ちょっと眉をひそめて、折りたたみ、ポケットへ入れた。

「――邪魔したね」

廊下の刑事に声をかけて出る。

マンションから出ようとして、道の向うに停っている車に目をとめた。

黒塗りの地味な車だが、パトカーが何台も停っている近くで、ああして駐車しているのは奇妙だった。

中に人影がある。——淳一は、小型の望遠鏡を取り出すと、ロビーの中から車の運転席を眺めた。

「おやおや……」

淳一の見知った顔だったのである。


「あずささん」

と、中谷涼子は言った。「どうしたらいいでしょう？」

「困ったものね」

と、宮前あずさは言ったが、大して心配している様子ではなく、「でも大丈夫。何とかなるわよ」

「でも……」

「こんなこと、年中よ。いちいち心配してたら、体がいくつあってももたないわ」

Ｋホールの支配人としての自信が感じられて、涼子は少し安堵した。

「まだ本番まで時間があるわ。会田さんだって、色々考えてるわよ」

「でも、帰っちゃったら……。やりかねない人です」

「そのときはそのとき。大丈夫よ」

あずさは、涼子の肩を軽く叩いた。

ステージでは、〈アイーダ〉のリハーサルが始まっていた。

「行進が早過ぎる！　それじゃ音楽が終らない間に行き止りだぞ」

と、田ノ倉が怒鳴っている。

「マエストロ」

と、山並しのぶが言った。「行進曲もいいけど、私にも歌わせていただけません？」

「ああ、そうだったな」

田ノ倉は苦笑して、「では、〈勝ちて帰れ〉だ。——いいね」

「いつでも」

田ノ倉の指揮棒が動くと、しのぶの張りのあるソプラノの声が、Kホール一杯に響き渡った。オーケストラのメンバーも、ちょっと目をみはっている。

「凄い声だわ」

と、客席で聞いていた真弓は呟いた。「だてに太ってるわけじゃないわね……」

田ノ倉は山並しのぶという女性に惚れたのだろうが、同時にその「声」にも惚れたのに違いない。

〈アイーダ〉の中の有名なアリア〈勝ちて帰れ〉をしのぶが歌い終ると、オーケストラやコーラスから一斉に拍手が起った。

「調子は悪くないようだな」

と、田ノ倉が言った。「一番高いところで少しフラット気味になる。ま、本番は大丈夫だろう」

「ええ。気を付けるわ」

と、しのぶも満足げに言って、「お邪魔さま」

と、悠然《ゆうぜん》とステージから袖へとさがった。


淳一が杉戸のマンションのロビーから表に出ると、コートの襟《えり》を立てて、見たことのある男がマンションへ入ったものかどうか迷っている様子だった。

「おや、山野先生ですか」

山野広平だったのである。

「君は……誰だったっけ」

「戸畑さんの知り合いの今野です」

「ああ……。そうだったか」

淳一のことを憶えていないようだ。

「中へお入りになるんですか？」

「いや……。ちょっと用があって……」

山野は、パトカーへ目をやって、「君、今中にいたのか。何かあったのかね」

「ええ。ご存知でしょう、K新聞にいた杉戸さんという方」

「うん……。まあ、一応顔ぐらいは知ってるが……」

「このマンションに住んでおられて。——実は杉戸さんが殺されたんですよ」

淳一の言葉を聞いて、山野の顔からサッと血の気がひいた。

「殺された？　本当かね、それは」

「ええ。何かお心当りが？」

「いや、そんな——そんなもの、あるわけがないだろう」

「そうですね。じゃ、このマンションへはどうして？」

山野が言葉に詰って、口をつぐんでしまう。

淳一は、このマンションを見ていた車が走り去るのを目にとめた。

「山野先生」

と、淳一は言った。「ちょっとじっくりお話ししたいんですが」

「何だね？　私は別に話すことなどない。手を放してくれ」

と、今にも逃げ出しそうだ。

「先生。刑事のところへお連れしてもいいんですよ」

と、淳一は凄みをきかせて言った。「係りになってはうまくないんじゃありませんか」

「私を……君、脅すつもりか」

「先生のためを思って言ってるんです」

と、淳一は言って、しっかり山野の腕をつかむと、「さあ、行きましょう」

山野は渋々歩き出した。

タクシーが見えて、淳一は停めようと手を上げた。

そのとき、山野が思いがけず淳一の手を振り切って逃げ出したのである。

淳一は面食らったが、そばにはパトカーもいる。ここで追いかけっこをするわけにいかない。

「全く、厄介な人だ」

と呟くと、やって来たタクシーに乗り込んだ。

山野はどこへ行くといって、そうあてがないはずだ。今夜は必ずKホールへやって来る。〈評論家〉という生きものの習性のように……。

早くも〈当日券〉を求めて並ぶ客がいた。

当日券の数は限られている。――ともかくほとんどのチケットが売れてしまっているのだ。

宮前あずさは、窓口スタッフに、

「電話などの問い合せには、もう完売しましたと返事してね」

と伝えた。

「あと十人も並んだらなくなります」

「じゃ、その時点で貼り紙を」

「分りました」

今は閑散としているロビーを、あずさは見渡した。

あと何時間かすれば、ここがお客で溢れる。しかも、〈Xマス・ガラ〉では、盛装の客が多いので、一段と華やかである。

「——あずささん」

と、戸畑佳苗がやって来た。

「もうリハーサルは？」

「ええ、今、田ノ倉さんがオケにダメ出しを。——会田さん、どうなるんでしょう？」

「もう少し待って、結論を出しましょう。本日の出演者のプリントはすぐ作れるわ」

「分りました」

佳苗は緊張している様子だった。

真弓がロビーを横切って、やって来た。

「異状はありません」

と、真弓は言って、「道田君が風邪ひかない限りは」

あずさと佳苗が笑った。真弓の言葉で、気が楽になったようだ。

「──あずささん！」

と、中谷涼子がドレス姿で小走りにやって来る。「今、会田さんが、やっぱり出ると……」

「じゃ、田ノ倉さんとも話を？」

「ええ。今、ステージで話をしています。不満そうですけど、棒に合せると言ってますわ」

「良かったわ」

と、あずさも肯いて、「じゃ、予定通りにね。あなたもそのつもりで」

「分りました」

あずさは、部下に〈本日のプログラム〉を印刷するように命じた。

「間に合うんですか？」

と、真弓が言った。

「大丈夫です。毎年のことですもの」

「大したもんですね。――警視庁に来て講演していただきたいわ。どうしたら効率よく仕事できるか」

あずさはちょっと笑って、

「失礼します。楽屋をひと回りして来ますので」

と、きびきびした足取りでロビーを横切って行く。

「すてきな人ですね」

と、真弓は言った。

「本当に……」

と、戸畑佳苗はため息をついて、「ああいう人が、日本の音楽界を支えているんですね」

淳一がホールへ入って来た。

「あら、あなた、どこで遊んでたの？」

「それはないぜ。杉戸のマンションへ代りに行かせといて」

「あ、そうだったわね」

「変りないか？」

淳一は、会田が出演することになったと聞いて、「――そうか」

「無事に済みそうね」

「油断するな。ホールが開けば、ドッと人が入って来る」

淳一は真弓を促して、「一緒に来てくれ。ホールの中を見よう」

と言った。


「会田さん、よろしく」

と、あずさが声をかけると、

「ああ。心配かけたね」

と、楽屋で他のアーティストたちと談笑していた会田は振り向いて、「お袋も今日のコンサートを楽しみにしてるんでね。やっぱり出ることにしたよ」

「ありがとうございます。――皆さん、よろしく」

必要以上のことは言わず、あずさは出て行った。

会田はペットボトルのお茶を一口飲んで、

「待ち時間が退屈だね」

と言うと、楽屋を出た。

――田ノ倉の奴！「巨匠」気取りが鼻につく。

会田は、実のところ田ノ倉の指示通りに歌う気はなかった。本番で歌ってしまえばこっちのものだ。

どう歌おうと、オーケストラとずれていたって、ファンは喝采してくれる。田ノ倉だってどうすることもできないだろう。

そうとも。「人気」がすべてだ。――そのことを田ノ倉に思い知らせてやる。

会田はつい笑みが浮んで来るのを止められなかった……。

宮前あずさは、ロビーにスタッフを集めて訓辞を垂れる、といったことはしない。みんな、自分のやるべきことは分っている。いちいち演説などぶつ必要はない。

「今日はいつもの五分前に開場」

ということも指示してある。

自分は正面入口の傍《そば》にさがって、腕時計を見た。――外国の有名な指揮者が、

「Kホールはすばらしい！」

と感謝して、あずさにくれたものだ。

余分な飾りはないが、正確この上ない。

「あと一分……」

と、あずさは呟いた。

十秒前に、扉を開ける係の女性が定位置に立つ。

あずさが肯いて見せると、一斉に扉が開き、同時に着飾った客たちが次々に入って来る。

ロビーでは、オーケストラのメンバー数人がモーツァルトのディベルティメントを演奏して客を歓迎した。

たちまちロビーは華やかになり、シャンデリアの輝きがまるで倍になったように感じられた。

顔見知りの客に挨拶している内、たちまち十五分はたってしまう。

普段のコンサートは開演の三十分前に開場するが、今日は一時間前。正しくは一時間五分前に開いたわけだ。

「ご苦労さま」

と、やって来たのは淳一だった。

「まあ……。お似合です」

淳一はいつの間にやらタキシードに着替えていたのだ。

「奥様は？」

「仕事ですからね。しかし、あいつのことだ、きっと……」

と言っている内、

「華やかでいいわね」

と、真弓がやって来た。

「――それで動けるのか?」

ロングドレスの真弓に淳一が訊くと、

「ご心配なく、靴は見えないけどスニーカーよ」

「裾を踏むなよ」

真弓はニヤリと笑って、

「このドレス、引っ張ると裾の方三十センチが外れるの。全力疾走できるわ」

脚をむき出しにしたら、別の問題が起りそうだと思ったが、淳一はあえて言わなかった。

「お二人ともすてきですわ」

と、あずさが言った。「よろしければシャンパンでも。――そちらで無料でお出ししています」

「やっぱりアルコールはちょっと……」

と、一応ためらって見せた真弓は、「でも、せっかくですから一杯だけ……」

淳一と真弓は、ドリンクコーナーへ行ってシャンパンのグラスを受け取った。

「例の評論家だ」

と、淳一が玄関を見て言った。

山野広平が、おずおずと入って来る。

「――ずいぶん遠慮がちね」

「杉戸を通して、どうも物騒な奴らと接触してるらしい」

「どういうこと?」

「人間、落ち目になると、誰でも持ち上げてくれる人間にすり寄るもんだ」

と、淳一は言った。

14　開幕

指揮台に上った田ノ倉の右手が、空中に円を描くと、二階の左右の客席に立った三人ずつのトランペット奏者が、高らかに開幕のファンファーレを吹き鳴らした。

満員の客席に、一瞬言葉のないどよめきが走った。――堅物《かたぶつ》指揮者として知られている田ノ倉が、こんな演出をすることが驚きだったのだ。

しかし、左右からの掛け合いで鳴り渡るトランペットはホールに反響してみごとに溶け合い、その金色の音色は目に見えるようだった。

これは凄い、と誰もが思った。さすがは田ノ倉靖だ！

ファンファーレが鳴り止んでも、なおホールの中をその余韻《よいん》が広がって、拍手が起る前に、田ノ倉の指揮棒が鋭く動いて、華やかな〈こうもり〉の序曲が始まった。

照明も何色にも変化して、会場はたちまち〈ガラコンサート〉特有のにぎやかさに包まれた。

――宮前あずさは、ロビーにいて、ホールの中から洩れ聞こえてくる音楽に耳を傾けていた。

もちろん、コンサートが無事に終り、すべての客、アーティストがホールを後にするまで、あずさの仕事は終らない。しかし、ともかく無事に始まったことで、安堵できることは確かである。

「――やあ」

と、二階席からの階段を下りて来たのは淳一である。

「あら、中で聞いてらっしゃるのかと……」

と、女房はうっとり聞き入ってますがね」

と、淳一は微笑んで、「いわば私が代役で巡回してるんです」

「すてきなご夫婦ですね」

と、あずさは言った。「私も今野さんのような方と出会いたかったですわ」

「こんな男と出会ったら、苦労しますよ」

という淳一の言葉の意味は、あずさにはもちろん通用しなかったろう。

「〈こうもり〉、何だか浮き浮きしてくる曲ですね」

と、あずさは言った。

「ところで、あの山野先生は?」

評論家の山野広平のことである。

「はい、おっしゃる通り、最前列の、指揮台のすぐ下にお席を用意しました」

「今ごろ気が気ではないでしょうね」

と、淳一は笑った。

指揮台の手すりが外れるように細工したのは山野自身である。むろん、今は直してあるが山野はそれを知らない。

「そういえば、杉戸さんが殺されたという件ですけど、犯人は捕まったんですか?」

と、あずさは訊いた。

「いや、まだです」

「というと……」

と、淳一は言った。「結構手間がかかるかもしれません」

「杉戸は少々危ないことに手を出していたようです。あまり係り合いにならない方が」

「そうですか。——何となく、うさんくさい人でしたけど」

「今回の〈ガラ〉の妨害も、ただ新聞社をクビになっての意趣晴らしにしては不自然でしょう」

「そうですね」

「捜査が進めば、どうしてもこのKホールが係らざるを得ないかもしれませんが」

「分りました。私もホールを守りたいですから」

と、あずさは肯いた。「でも、山野先生を巻き込んだのも、それと関係が?」

「鋭いですね。おそらく、山野は杉戸と同じ『危いこと』に係っていたようです。最近の山野の動きについて、ご存知のことはありませんか」

「さあ……」

と、あずさは考え込んでいたが、「——特別のことは……。ただ、何人かの演奏家の方が、『山野先生、誰かの遺産でも入ったの?』と話していました」

「つまり、金が入った様子だった。ということですね」

「そうらしいです。私は直接関係ないので、詳しいことは分りませんが、家の改装をしたり、車を買い替えたり、かなりお金のかかることを、いくつかやっておられるようです」

と、あずさは言った。「それって、何か裏があるんでしょうか」

「うまく山野のプライドをくすぐって取り入った人間がいたんでしょう」

と、淳一は言った。「一度、その世界で名を知られた人間にとって、一番怖いのはその世界で忘れられた存在になることです。そういう人間は、自分のことをほめちぎったり、持ち上げてくれる連中に弱いのです」

「分ります」

と、あずさは肯いた。「そういう人は、身の周りにもいくらもいますわ」

「山野もおそらくそういう連中の口車に乗せられていると思います。杉戸は、有名というわけではありませんでしたが、新聞社の肩書から来る特権を失うことが怖かったはずです」

「今野さん」

と、あずさは不安げに、「その『危いこと』というのは何ですの？」

「まだ推測の域を出ません。はっきりした証拠が手に入ったら、お知らせしますよ」

「分りました」

あずさは、まじまじと淳一を眺めて、「本当に今野さんはふしぎな方ですね。一体何を本業にされているんですか？」

淳一はニヤリと笑って、

「知らぬが花というものですよ」

と、言った。「さて、ちょっと楽屋を覗いて来よう」

「誰か、アーティストにご用？」

「いや、ちょっと待ってる人がいるんです」

と、淳一は言った。

「会田さん、袖にお願いします」

と、スタッフが楽屋へ顔を出して言った。

「分った」

会田正介は鏡の前で髪を直しながら、「中谷君は?」

「もう袖の所に」

「そうか。すぐ行く」

会田は立ち上ると、同じ楽屋の他のアーティストたちへ「ではお先に」

と、声をかけた。

誰も返答はなく、何人かが肯いて見せただけだった。「自分は別格だ」と言わんばかりの会田の態度に、うんざりしている者が多かったのである。

しかし、会田はそんなことを気にしない。楽屋を出ると、ステージの袖へ向おうとしたが――。

「お疲れさまです」

という声に振り向く。

「ああ。あなたは――今野さんでしたか」

「ええ」

と、淳一は言った。「田ノ倉さんの指示通りに歌うんですか?」

「どうしてそんなことを？」

「あなたの表情を拝見していると、どうしてもそうは思えないものでね」

「ほう。では――」

「本番、好きなように歌ってしまえばこっちのもんだ。そうお考えなのでは？」

と、淳一は訊いた。

「どうしてそんな――」

と言いかけて、会田はじっと淳一を見ていたが、やがてちょっと笑うと、「どうしようと、演奏を途中で止めるわけにはいかない。そうでしょう？　いくら巨匠田ノ倉でもね。もちろん、後で怒りまくるかもしれないが、そのころ僕は会場を去っていますよ」

得意げに言って、会田は、

「では、そろそろ準備に……」

と行きかけた。

「待ちなさい！」

と、女の声が響いた。

振り向いた会田が目を丸くして、

「お母さん！　何してるんだ、ここで？」

「見に来たのよ。息子の晴れ姿をね」

と、会田の母親は歩み出てくると、「ところが、あんたはこのコンサートをぶちこわそうって言うんだね？」

「お母さん……。僕にとっちゃ、このKホールなんて、『晴れ舞台』じゃないんだ。僕は世界的なオペラハウスで歌ってるんだぜ。少しぐらいのわがままは当然だよ」

「お前、そんな気持ちでいたら、いずれ出してくれる舞台は失《な》くなるよ。どんな小さなホールでも、お客がいる以上、『晴れ舞台』だよ」

「お母さん、これは僕のプライドの問題なんだ。口を出さないで」

「いいえ、出すわよ。あんたが誰からも相手にされなくなってからじゃ遅い。だから言ってるのよ」

「会田さん」

と、淳一は言った。「人間はいつ病気するかもしれません。そんなとき、助けてくれる人を持っていることは大切ですよ」

「その通りだよ。正介、ちゃんと歌っておいで」

スタッフが、

「会田さん、お願いします」

と呼びに来た。

「すぐ行く」

苛々《いらいら》と言って、会田は、「ともかく、僕は一流の歌手なんだ！　田ノ倉なんて外国じゃ誰も知らない」

「正介――」

「僕は好きなように歌う。お母さんが何と言おうとね」

「会田さん」

と、淳一は言った。「お母さんは具合が悪いのを押して、おいでになってるんですよ。お母さんを悲しませてはいけません」

「大きなお世話だ！」

と、会田は吐き捨てるように言って、舞台へと行きかけた。

「正介！」

「お母さん、帰ってくれ」

「一つだけ言っとくよ。お前は自分一人で上手くなったと思っているかもしれないけど、そんなことはないのよ。留学の費用を出してくれた人、向うであんたを助けてくれた人、先生や指揮者。――そういう人たちがいて、今のお前がいるんだよ。それを忘れないで」

一気にそう言うと、母親はくたびれた様子でよろけた。淳一は急いで支えると、

「お送りしましょう」

「いいえ……。聴いて行きます」

「しかし――」

「どんな歌でも、息子の歌です。――聴いてから帰ります」

「分りました」

会田はもう振り返ることなく、舞台袖へと向った……。


「それでは、新進のソプラノ、中谷涼子さんと、世界で活躍するテノール、会田正介さんの二重唱です」

戸畑佳苗の司会も、初めは緊張を隠せなかったが、プログラムが進むにつれ、言葉もはっきりして、余裕が出て来た。

「曲はヴェルディの、おなじみ〈椿姫〉から三幕の二重唱、〈パリを離れて〉です」

ロングドレスの中谷涼子、そして会田が現われると、拍手は一段と盛り上った。

指揮台の田ノ倉が涼子を見て微笑む。

会場が静かになると、田ノ倉の指揮棒がゆっくりと上った。

二人が歌い出すと、淳一は宮前あずさと目を見交わした。二人は小さく肯いた。

「これでいいわ……」

と、会田の母親が呟く。

会田はみごとに声を抑えて、オペラの一場面を再現していた。場内も水を打ったように静まり返り、一瞬たりと聴き逃すまいという空気が漲《みなぎ》った。

指揮している田ノ倉の顔に微笑みが浮んだ。

——二重唱が終ると、少しの間の後、拍手が渦を巻くように起った。


休憩時間になると、ロビーはたちまち人で溢れた。

シャンパンがふるまわれ、そこここでグラスの触れ合う軽やかな音が聞こえた。

「ホッとしました」

と、宮前あずさが言った。

「まあ、結果が良ければいいわけですから」

と、淳一は言った。

「シャンパンでもいかが?」

「いや、ちょっと用がありまして」

と、淳一は微笑んで、「失礼」

と、客の間に消えた。

それを見送って、

「あんなすてきな人が、私の前にも現われないかしら……」

と呟いた。

淳一は楽屋へ入って来ると、会田と出会った。

「おみごとでした」

「お袋は怒らせると怖いからね」

と、会田は言った。「後半でアリアを歌ったら、僕はお袋を送って行く。アンコールまでは付合わないよ」

「宮前さんに伝えておきますよ」

「よろしく」

淳一は、舞台の袖で進行表をにらんでいる戸畑佳苗を見付けた。

「――順調ですね」

「あ、今野さん。どうですか？　私の声、ちゃんと聞こえています？」

「ええ。早口にもなっていない。大丈夫ですよ」

「それならいいけど……。あ、私、着替えるんだった！」

と、あわてて楽屋へ駆けて行く。

淳一は、舞台のセッティングを変えているスタッフの一人に目をとめた。忙しく動いているようだが、実は何もしていない。

淳一はそっとその男に近付くと、

「待っていてもむだだ」

と、小声で言った。

男はギクリとした様子で淳一を見たが、すぐに笑顔を作って、

「何とおっしゃったんで？」

と、言った。

「帰って、ボスに言え。オルガンに仕掛けた爆弾は爆発しませんでした、とな」

男がポケットへ手を入れる。淳一の手が激しく男の腕を打って、男は呻き声を上げた。淳一は男のポケットからナイフを取り出して、

「みんなが音楽を聴いて、和やかな気持になってるんだ。こんな野暮なものを持ち出すんじゃない」

「貴様……」

「警察へ突き出されたいか。それともおとなしく帰るか」

男はいまいましげに淳一を見ていたが、

「分った」

と、息をつくと、「今日は引き上げる」

「それが利口だ」

男はちっと舌打ちして、足早に立ち去った。

「――あら、あなた」

真弓がやって来る。「何かあった？」

「大したことはない。――これを預かっといてくれ」

と、淳一はナイフを渡した。

真弓はちょっとふしぎそうに、

「鉛筆でも削るの？」

と言った。

「いや、評論家なんて……」

ロビーで、客の話しているのが、宮前あずさの耳に入った。

「そうそう。あいつ、山野広平だぜ」

「山野って、結構有名じゃない？」

と、連れの女性が言った。

「ああ、今は第一人者だろ」

「それなのに居眠り？」

「しかも一番前でな」

と、男の客は笑って、「あれで、批評とか書くんだ。いい加減だよな」

――あずさがちょっと首をかしげていると、

「どうしました」

と、淳一がやって来た。

「あ、今野さん」

「何か心配なことが？」

「今、お客様が山野先生のことを……」

あずさが話して、「居眠りって、本当でしょうか？」

「なるほど」

淳一は肯いて、「妙ですね。あの席で居眠りとは。――見て来ますか」

「ええ」

二人は客席へと入って行った。休憩時間はあまり人が残っていない。

確かに、最前列の中央、指揮者を見上げる席に、頭を前に垂れた山野の姿があった。

「起こしましょうか」

と、あずさが言うと、

「いや、あなたはここに」

淳一が少し緊張した様子で山野へ近付くと、身をかがめて、山野へ声をかけてみた。

「――救急車を」

と、淳一は言った。「意識がない」

「まあ」

「誰か呼んで来て下さい。ともかくここから動かさないこと」

「すぐに」

あずさは急いでロビーへ出ると、ホールの若手の社員を数人、淳一のところへ行かせた。

気分でも悪くなった人なのかと、何人かの客がチラッと見たが、ほとんど誰も気づかなかっただろう。

「医務室へ」

と、あずさは指示した。「今、救急車が来ます」

「そうですか」

ホールの中の医務室へ山野を運び込むと、すぐにホールの楽屋口に救急車が着いて、担架《たんか》を持った救急隊員がやって来た。

「意識がないですね。どこか病院を――」

「山野先生は、たいていN医大病院だと思います」

と、あずさが言った。「連絡しておきますから、そこへ」

「了解しました」

と、救急隊員は言って、山野を担架にのせて、運んで行った。

あずさはケータイの登録リストを見て、N医大の先生を見付けた。

「――よろしくお願いします。数分の内に着くと思いますので」

と言って、頭を下げる。

ロビーに、第二部の開幕を知らせるチャイムが鳴り渡った。

「ああ……。まだ休憩時間だったんですね」

と、あずさが息をついた。

「ええ。手早かった。さすがです」

「何が起るか分らないものですね」

と、ハンカチで汗を拭くと、「こんなことで汗をかくなんて……」

ロビーの客が一斉に客席へと戻って行く。

普通のコンサートは休憩一回だが、今夜の〈ガラ〉はもう一度休憩が入る。

「あら、どうしたの？」

と、真弓がやって来ると、「さっき救急車が来てたみたいだけど」

「山野広平が倒れた」

「山野？　誰だっけ？」

と、首をかしげたが、さすがにすぐ思い出して、「え？　刺されたの？　撃たれたの？」

「だったら、こんなにのんびりしてないだろ」

淳一の話を聞いて、

「そう。良かったわ」

と、真弓は肯いて、「道田君の〈アイーダ〉は何としても見たかったから」

トランペットの響きがホールを埋めて、ステージには〈アイーダ〉の〈凱旋の場〉が華やかにくり広げられていた。

客席も興奮を共にしているのが、伝わって来る。

「凄いわ」

と、袖で、あずさは呟いた。「田ノ倉先生も、汗をかいてる」

そしてステージに、山並しのぶが堂々たる体格で現われる。――この重量級の舞台と音楽の中では、太めの体がごく自然に見えた。

しのぶの声が、ホールに響き渡る。

〈勝ちて帰れ〉は〈アイーダ〉の中でも最も有名なソプラノのアリアである。

しのぶの輝かしい声を、田ノ倉の棒が支えて行く。

その姿は、正に今夜のハイライトだった……。

アリアが終ると、ホール内は揺がすような拍手で溢れた。

しのぶは何度も呼び出され、膝を折って優雅なお辞儀をした。

田ノ倉も微笑んで、その妻の姿を見ていた。

「――すばらしかったわ」

と、袖であずさはしのぶを迎えて言った。

「大したものね」

と、真弓が言った。

淳一と真弓も、第二部は舞台の袖で聞いていたのである。

「生《なま》の声はやっぱりいい」

と、淳一が言った。

「そうね。でも……」

と、真弓が首をかしげる。

「何か気に入らなかったのか?」

「気に入らない、っていうのと少し違うけど、道田君はやっぱりエジプト軍より、奴隷の方が似合ったと思うわ」

と、真弓は言った。

15　興奮の夜

　二回目の休憩になると、田ノ倉はさすがに汗をかいていて、

「シャワーを浴びて着替えよう」

　と言った。

「楽屋にご用意できています」

　と、あずさが言った。「奥様もお待ちですわ」

「ありがとう」

　田ノ倉は微笑んで、「いや、今日のKホールは、いつにも増してよく響く。客席と舞台が一体になっている」

「先生のおかげです」

「いやいや、音楽の力だよ」

　そう言って、田ノ倉は楽屋へと向った。

「あと、第三部だけです」

あずさは自分に言い聞かせるように、当り前のことを言った……。

「あずささん」

と、やって来たのは、司会の戸畑佳苗。

「あ、ご苦労さま」

「もうドキドキして……。大丈夫かしら、私？」

「ええ、立派にこなしてる。自信持って。予定は十分くらい押してるけど、いつものことだから」

「だったらいいけど……」

佳苗は息をついた。「後はソリストとコンチェルトね」

と、手にしたファイルを見る。

「佳苗さん。あなたもこの休憩に着替えるんじゃなかった？」

佳苗はちょっとポカンとしていたが、

「――そうだ！　忘れてた！」

「大丈夫。時間はあるわ」

「でも……化粧を直さないと！」

佳苗はあわてて楽屋へと駆けて行った。見送ったあずさはつい微笑んでいた。

もちろん佳苗があがっているのは、見ていても分る。しかし、妙に慣れた司会よりも、初々《ういうい》しく、懸命にやっているのが伝わって来て、好感が持てた。

「来年も彼女で行きましょ」

と、あずさは呟いた。

まだ第三部は残っているが、あずさの頭の中にはもう来年の〈Xマス・ガラ〉のプランができつつあった。実際、アーティストの予定を押えるには一年前では遅過ぎる。あずさも、主な出演者には来年の予定を入れてくれるように頼んでおいた。

淳一と真弓がやって来た。

「田ノ倉さんは？」

と、真弓が訊く。

「今、楽屋に。シャワーで汗を流して、着替えるそうです。奥様もご一緒ですから」

「俺は行けない。見て来いよ」

と、淳一に言われて、真弓は、

「任せといて！」

と行きかけて、「――どこでしたっけ、楽屋？」

「ご案内します」

と、あずさは真弓と一緒に、田ノ倉の楽屋に向った。

淳一がロビーに出て、にぎやかにシャンパンのグラスを手にした人々の間を歩いて

行くと、

「あら……」

いささか派手なドレス姿の女性が顔を合せて、「奥様が刑事さんの……」

「今野です。どうも」

「奥様もいらしてるんですの？」

「ええ。仕事絡みでして」

と、淳一は言った。「すてきなドレスですね」

「やめて下さい。もう恥ずかしくって……」

高柳寿美子だ。あの〈F学園〉のドイツ語講師である。

「さあ、飲もう」

と、両手にシャンパンのグラスを持って来たのは夫の高柳正治だ。「やあ、これは」

「ご夫婦で、すてきですね」

高柳はタキシード姿だった。

「家内がなかなかこのドレスを着ようとしないので、困りましたよ」

と、笑った。

「だって、こんな格好、似合わないもの」

と、寿美子は言った。

「そういうものは、着慣れるのが大切なんだ。ちょくちょく着れば、ドレスの方が合ってくれる」

「こんなもの、ちょくちょくなんて着られないわよ」

と、寿美子はシャンパングラスを受け取った。「今野さんも一杯いかが？」

「いや、まだ仕事中でして」

淳一は会釈して、高柳夫妻と別れた。

あのテノール、会田を招《よ》ぶのに、高柳が力になったと言っていたっけな……。

「良かったわよ！」

真弓にそう言われて、道田は感涙にむせばんばかりだった。

「真弓さんにそう言っていただけると……」

「でも、やっぱり刑事の方が向いてると思うわ」

それはそうだろう。――〈アイーダ〉のエキストラで食べて行くわけにいかないのだから。

「やあ、お待たせした」

田ノ倉が、パリッとした姿で楽屋から現れた。――何と上は白いタキシードだ。

「いかが？」

と、妻のしのぶが得意げに、「私のコーディネートよ」

「照れるよ」

と、田ノ倉は笑って、「今日からブルックナーの巨匠はイメージチェンジだな」

しかし、田ノ倉は嬉しそうだった。

「はい」

しのぶが紅いバラを一輪、田ノ倉の白いタキシードのえりに差してやる。

「あ、失礼」

真弓のケータイが鳴っていた。「——はい。——もしもし？　——ええ。今野刑事です。——え？」

真弓が絶句する。

淳一がやって来て、

「やあ、これはすてきだ」

と言った。「——どうした？」

「あなた、山野広平が——病院で殺されたって」

と、真弓が言った。

「そうか」

淳一はびっくりした様子もなく、「他の人には言わずにおけ」

「ええ」

と、真弓は肯いて、「あなた、分ってたの？」

「分ってるわけないだろ」

「でも、聞いても驚かなかったわ。あなたが犯人なの？」

「どうして俺が評論家を殺すんだ？」

「分らないけど、怪しいわ」

「ずっとこのホールにいたんだぞ」

「あ、そうね。分身の術でも使った？」

「ともかく第三部だ。こっちも無事に終らせないとな」

「じゃ、道田君を病院へ行かせるわ」

可哀そうに、道田は〈アイーダ〉が終って、やっと食事できると思っていたところへ、真弓から命じられて、山野が殺された病院へと向ったのだった……。

これで最後だわ……。

戸畑佳苗は、ステージの袖で、田ノ倉の指揮の下、華やかな音を聞かせるオーケストラに耳を澄ませていた。

「――ご苦労さま」

宮前あずさがやって来た。「後は、カーテンコールと、終りの挨拶ですよ」

「そう言わないで。ステージで転んじゃいそうだわ」

「大丈夫。堂々としてますよ」

「そうかしら……。ね、田ノ倉さんに話していただいた方が……」

「いいえ。挨拶は司会者がするものです」

と、あずさは言った。「大丈夫。やれますよ」

アンコールのワルツが終って、割れんばかりの拍手がホールを埋め尽くした。

田ノ倉が袖へ入って来て、

「やれやれ、終った！」

と、息をついた。

「先生、まだステージへ」

「また出るのか？　みんなは？」

「残れる方は、衣裳のまま、待っていただいています」

あずさが合図すると、山並しのぶを始め、ソリストたちがゾロゾロとやって来る。

「さ、佳苗さん、ご挨拶」

背中を押されて、佳苗はステージへと出て行った。マイクを持つ手は震えていた。

「本日はKホール〈Xマス・ガラコンサート〉においでいただき、ありがとうございました……」

　その声を聞きながら、

「余計なことをしゃべらんからいい」

　と、田ノ倉は言った。

「ええ。来年はきっともっとうまくなっていますわ」

　と、あずさは言って、「田ノ倉先生、それを確かめるためにも、来年の〈Xマス・ガラ〉も振って下さい」

　田ノ倉は笑って、

「君にはかなわん」

　と言った。「しのぶと二人、スケジュールを空けておくよ」

「ありがとうございます」

　あずさは、オーバーにならないように、ごく普通に礼を言った。

「よし！　じゃ、みんな一列で、ついて来い！」

　と、田ノ倉が促す。

　場内の拍手が一段と大きくなった。

「ブラボー！」

　の声があちこちからかかる。

客がほとんど立ち上って拍手している。

場内の明りも点いて、〈ガラコンサート〉の幕切れにふさわしい華やかさとなった。

それが三回、四回とくり返され、やっと客が帰り始める。

そのときには、あずさはホールの出口で、客を見送っていた。

「――プロだな」

と、淳一は感心した様子で、「裏方に徹している」

「そうね」

と、真弓が肯いて、「私とそっくりだわ。親近感を覚える」

「そうか?」

――楽屋では、早々と着替えた出演者たちが、

「じゃ、またね」

「メリー・クリスマス!」

「よいお年を!」

と、声をかけ合って、引き上げて行く。

「涼子さん」

しのぶが、中谷涼子に声をかけた。「とても良かったわよ」

「ありがとうございます」

ホッとしてもいるのか、涼子は顔を紅潮させていた。

「田ノ倉先生が、ぜひ今度オペラに出てくれって」

「光栄です！」

「先生、は変か。つい『先生』って呼んじゃうのよね」

と、しのぶは笑った。「じゃ、またね」

「はい」

涼子は、自分に合わせてくれた会田にも礼を言いたかったが、会田は母親と先に帰っていた。――もう、彼は「昔の男」ではなく、同業者だった。

涼子は、もうそんな風に考えられるようになっていたのだ。


「お疲れさま」

と、宮前あずさはスタッフ一人一人に声をかけていた。「今日はゆっくり休んでね。またすぐに大物が控えてるわ」

大物とは、大晦日の夜、年明けのカウントダウンをやる〈ジルベスター・コンサート〉と、元日から始まる〈ニューイヤー・コンサート〉である。

あずさにはのんびり休んでいる時間はない。

ロビーがすっかり静かになったところへ、淳一と真弓がやって来た。

「ありがとうございました」

と、あずさは礼を言った。「おかげさまで、無事に終りました」

警備するより、音楽に聴き惚れていた真弓だが、むろんそんなことは言わない。

「どういたしまして」

「私どもも、警備のプロですから」

「本当に。でも――山野先生のこと、びっくりしました」

山野広平が殺されたことを、第三部の間にあずさだけは淳一から聞いていた。

「詳しいことは、道田君が病院の方へ行っていますから」

「そうですか。――あ、すみません」

あずさのケータイが鳴ったのだった。あずさは少し離れて、

「はい、宮前です。――どうもお世話になりまして。先ほど〈Xマス・ガラ〉は無事に終わりました。――は？」

あずさの表情が変った。淳一と真弓は顔を見合せた。

「それは――。でも――」

一体誰が相手なのか、ケータイからは、凄い勢いで怒鳴りまくっている声が、淳一たちまで聞こえてくる。

「山野先生は、ご自身で降板されて――」

あずさの言葉は遮られ、向うが一方的に怒っているようだった。

「ですが山野先生は――」

と言いかけたところで、向うが切った。

あずさは少しの間呆然としていたが……。

「――大丈夫ですか？」

と、淳一に訊かれて、ハッと我に返った。

「すみません。びっくりしてしまって……」

「どこからの電話です？」

「スポンサーです」

と、あずさは言った。「この〈ガラ〉を後援して下さっているS社の社長さんです」

「山野さんのことを――」

「どうして山野の司会じゃないんだ、って凄い勢いで……」

「山野さんと親しいんですか？」

「知りません。そんな話、聞いたこともありません」

と、あずさは首を振った。

「山野さんが亡くなったことも知らないんですね」

「そうですね。話す暇もありませんでした」

と、首を振って、「いずれにしても、この〈ガラ〉にはスポンサーが三社ついて下さってるんですが、一社でも抜けると大変です」

「それほどですか」

「私も支配人でいられなくなるかも……」

と言いかけて、「そんなことはいいんですけど、来年の〈ガラ〉が開けるかどうか……」

「私たちがついてます！」

と、真弓が言った。「スポンサーの一つや二つ！」

「ありがとうございます」

あずさは何とか笑顔になった。「真弓さんにそう言っていただけると、何だか救われたような気分になります」

「そうでしょ？　この人も、私にキスしてもらうと、仕事がうまく行くような気がするって言うんです」

「全然違うだろ、話が」

と、淳一は言った。

「ともかく、怒鳴られても、山野先生が亡くなったことはお知らせしておかないと……」

あずさはケータイから発信した。

「──あ、もしもし。S社の社長室ですね？　〈Kホール〉の宮前ですが、社長さんはいらっしゃいますか？」

淳一が、小声であずさに言った。

「外部スピーカーにして、聞かせてもらえますか」

「分りました」

待っている間に切り換え、「S社の社長は波川《なみかわ》という方です。ご本人は、あまりクラシック音楽にご興味なさそうですが……」

「波川だ」

と、向うが出た。

「〈Kホール〉の宮前です。先ほどは──」

「ああ、こちらも悪かった。ついカーッとなってしまってね。勘弁してくれ」

「いえ、それはいいんですけど──」

「いや、良くない。山野の奴、自分から降りたんだって？　全く、困ったもんだ」

「波川さん。実は山野先生ですが──亡くなりました」

しばらく間があって、

「──何だって？」

「亡くなったんです」

あずさが、ホールで意識を失っていた山野を、休憩時間に運び出し、病院へ運んだことを説明して、

「その後、病院で殺されたそうなんです。まだ詳しい事情は分っていないのですが」

と続けると、

「――殺された？　山野が？」

波川の声は、はっきり分るほど動揺していた。

「ええ。今、刑事さんが病院へ――」

しかし、波川はあずさの言葉が聞こえなくなっているようで、

「終りだ」

と言った。

「え？　――波川さん？」

「終りだ……」

と、くり返すと、波川の方で切ってしまった。

「どうしたんでしょう？」

あずさも面食らって、「忘れてしまいました。『来年もよろしく』とお願いしておくのを」

「しかし、あの驚きようは普通じゃないな」

と、淳一は言った。

「私には分るわ」

と、真弓が言った。

「分るって……何が？」

「波川って人の気持よ」

「どう分るんだ？」

「もちろん、二人は愛し合ってたのよ。山野と波川。そう考えれば、納得がいくでしょ」

「それもそうだが……。他にも理由は考えられると思うぜ」

「あなた、私の意見に反対なの？」

「いや、あり得るとは思うよ。ただ、他にも考えられると……」

と、淳一は言って、「よく調べてみよう。S社というのは、どこにあるんですか？」

「波川さんがおいでなのは丸の内のオフィスです。――ただ、工場は今、ほとんど海外へ移してしまって、社員もずいぶんリストラされたと聞いています」

「なるほど。やはり、一度お会いする必要がありそうだ」

「そうね。愛し合ってたかどうか、訊くためにもね」

と、真弓が言った。

ともかく、〈Xマス・ガラ〉は何とか終ったのである。

16　スポンサー

「クリスマスが終れば――」

　と、真弓が言った。「もう一年、終ったも同じ」

「でも、終ってないぜ」

　と、淳一は言った。「ここだな」

〈S社〉というパネルが金色に光っている。

　真弓と淳一は、Kホールの〈Xマス・ガラコンサート〉のスポンサー、S社の社長に会いに来たのだ。

「いらっしゃいませ」

　受付には、いかにもチャーミングな女性が座っていた。

「社長の波川さんに」

　と、真弓が言うと、

「どちら様でしょう?」

本当なら、道田刑事が一緒に来るところだが、〈アイーダ〉のエキストラで風邪をひいてしまったのだった……。

「お待ち下さい！」

と、受付の女性は連絡して、「ただいま来客中で。終り次第、ご案内いたします」

「分りました」

真弓は周りを見回して、「儲かってそうね、この会社」

「どうしてだ？」

「床もピカピカに磨いてあるわ」

すると、受付の女性がひと言、

「見栄なんです」

と、言った。

「――え？」

「社員のロッカールームなんて、汚れ放題で、客に見える所だけ、きれいにしてるんです」

淳一は笑って、

「面白い受付嬢ですね」

「刑事さんでしたら、社長を少し脅かしてやって下さい。社員を大事にしないと逮捕する、って」

取り澄ました顔で言うから、ますますおかしい。

そこへ、受付の電話が鳴り、

「——はい。ではご案内します」

その受付嬢は立って、「来客がお帰りだそうですので、こちらへどうぞ」

と、二人を案内する。

廊下で、やって来た男性と顔を見合せ、

「やあ、これは……」

高柳だったのである。

「ゆうべはどうも」

と、真弓が会釈して、「こちらと取引きが？」

「ええ。Kホールを通じての知り合いでしてね。波川さんにご用ですか」

「山野さんが亡くなった件で」

と、真弓が言った。

「音楽評論家ですね。殺されたとか、ニュースで」

「ええ。そうなんです」

「怖いですな。——では、これで」

「奥様によろしく」

と、淳一は言った。

波川は、ひと昔前の〈社長〉というイメージだった。

広々とした〈社長室〉の奥に巨大な机と椅子があり、でっぷり太った、ダブルのスーツの男が、淳一たちを迎えた。

「おい、コーヒーを」

と、波川が、案内してくれた受付嬢に言った。

「お構いなく」

と、淳一が言うと、

「ご心配なく。どうせインスタントですから」

と、受付嬢は言って出て行った。

「全く……」

と、波川は渋い顔で、「申し訳ありませんな」

「いえ。面白い人ですね」

と、真弓が言った。

「何と言うか……。娘でして」

「は？」

「敏子《としこ》といいます。あれでしっかり月給はふんだくるのですから」

「まあ……」

波川の娘！　およそ似ていないが、そこは似なくて良かった。

「――ところで」

と、真弓は言った。「亡くなった山野さんとは特にお親しかったようで」

「え？　――ああ、山野というと、あの評論家の」

「ええ。殺されたんです」

「そのようですな。あまり付合はありませんでしたが」

「でも、〈ガラコンサート〉の司会をしなかったというので、ずいぶん腹を立てておられたようですが」

「あ……。それはですね……」

と、波川は口ごもって、「私は、ご覧の通り、大変几帳面な男でして」

「はあ……」

「決ったことは、その通りにやってくれないと、気が済まんのです。それで事情も知らず怒ったりして……。いや、お恥ずかしい」

と、わざとらしく笑った。

「宮前さんが、スポンサーを続けていただけるか、心配してましたよ」

と、真弓が続けると、

「いや、もちろん、それは続けさせてもらいますとも！」

と、声を上げて笑った。「何といっても、音楽はすばらしい！　私はクラシック音楽の大ファンでしてな」

「なるほど……」

コーヒーが出て来て、確かにインスタントコーヒーの味だったが……。

「波川さん」

と、淳一が言った。「宮前さんが山野さんのことを伝えたとき、あなたは『終りだ』とおっしゃったそうですが」

「終り？　私がそんなことを？」

「ええ、かなりショックを受けられたようで、『終りだ』と呟くようにおっしゃったと……」

「それは……宮前さんの考え過ぎというものですよ。もちろん、『終りだ』というのは、山野さんの司会ももう終りだ、という意味でして」

「しかし、今年も山野さんではなかったわけですし」

「ああ、確かに。ちょっと動揺していたんでしょうな。山野さんとは親しかったし」

「さっき、『あまり付合はなかった』と……」

「そうでした！　いや、付合はそうなかったが親しかったというか、何というか……、その——微妙な関係ですな、ハハハ」

波川は汗をかいていた。

「——どうもお邪魔しました」

真弓は切り上げて、淳一と共に社長室を出た。

「わけが分らないわね」

と、エレベーターで一階へ下りると、

「そうでもないぜ」

と、淳一が言った。

「え？」

「まだ話し足りないようだ」

ビルの入口の所に、あの受付嬢、敏子が立って、二人を待っていたのである。

「ちょっとお話があるんですけど」

と、敏子は言った。

——三人で、ビルの外のティールームに入る。

「私が娘だってことはお聞きでしょ？」

「ええ」

と、真弓が肯いて、「お父様のことで？」

「そうなんです」

と、敏子はコーヒーを飲んで、「やっぱりインスタントじゃないのはおいしいわ」

「波川さんは本当にクラシック音楽のファンなんですか？」

と、淳一が訊くと、敏子は苦笑して、

「演歌以外の音楽を聞いているとは思えません」

「すると、Kホールの〈Xマス・ガラ〉のスポンサーを続けておられるのは……」

「それが心配で、お話ししたかったんです」

「というと？」

「評論家の山野さん、それと、何といったかしら、新聞社の――」

「杉戸さんですか」

「ええ、そう。杉戸って人が初め〈Xマス・ガラ〉の話を、父の所へ持って来たんですの」

「ほう。Kホールの人でもないのに？」

「私も、コーヒーを出しながら、杉戸の話を小耳に挟んで、いくら言ってもむだなのに、っておかしくなりました。ところが、後で聞くと、父がスポンサーを引き受けたと言うので、びっくりしました」

「それはつまり……」

「父は本当にケチなので、儲からない仕事には決して手を出しません。杉戸の話は、どこかで大儲けできると思わせるものだったんでしょう」

「なるほど」

「でも、あのスポンサーになって、何の得があるのか、私にも分りません」

と、敏子は首を振った。

「さっき高柳さんにお会いしましたが……」

「ああ、すてきな人ですね！　ああいう人が父だったら……」

「どういうお仕事ですか？」

「さあ……。私、受付やってても、父の仕事の中身にはさっぱり。——ただ、高柳さんとの仕事はとても喜んでいます」

「Kホールのことと何か関係が？」

「どうでしょう」

と、首をかしげていたが、「ああ、でも一度、父が珍しく食事をごちそうすると言って、あの高柳さんと、山野さん、それに杉戸さんを招いたことがあります。珍しいなと思ったんですけど」

「それはいつごろのことです？」

「たぶん……去年の暮だったと……。そう、年末で、忘年会があってレストランがなかなか取れなかったのを憶えてます」

「なるほど」

淳一が肯いた。

「私、心配なんです」

敏子は改って、「父は悪い人じゃありませんけど、創業者の祖父が九十歳近くまで事実上トップだったので、父はあまり経営者としての腕がありません」

「しかし……」

「出費をケチる以外に、やることがないんです。――何だか、簡単に騙されそうな気がして」

「何か具体的に……」

「分りません。ただ、このところ、会社は景気がいいようです。でも、同業の方たちはみんな苦労しています」

「工場を海外へ――」

「名目だけです。実際は、ほとんど失敗しています」

「つまり」

と、淳一は言った。「あなたは、お父さんが何か危い仕事に手を出しているんじゃないかと心配なんですね？」

「実は――そうなんです」

と、じっと二人を見つめ、「お願いします！　父が取り返しのつかないことをしないようにしてやって下さい！」

と、深々と頭を下げた。


クリスマスは終った。

大きなクリスマスツリー以外の飾りは取り払われ、Mモールの中は新年の門松を始め、飾りつけがガラリと変る。

「大したものね……」

もう何年も見続けて来たが、安田君江はいつも感心する。

ゆうべはクリスマスだった。夜、閉めてから一斉に業者が入って、飾りつけを変えたのである。

君江も、保安部長の大谷も、その作業が終るまで見守っていた。

明け方に終ったので、やっと帰宅できたのである。

今日は午後三時からの出勤。――それでも眠い。

「おはようございます」

と、加藤七重が受付で手を振った。「ゆうべはご苦労さま」

「そうね……。でも、見ていて飽きないわよ、あの作業」

と、君江は言った。「毎年、あれを見ると、ああ、一年も終りだなって……」

「私、お昼食べてないんで、いいですか？」

「ああ、行ってらっしゃい」

君江は受付に座って、ホッと息をついたが——。

そうだわ。それも今年限りかもしれない。何といっても、大晦日に、ここへ泥棒が入る。

私はその「仲間」なのだ。

捕まれば刑務所だ。そして、もちろん、ここでの勤めも終る。

どうなるのかしら……。

奇妙なことに、心配してはいても、君江は何か行動を起そうと思わなかった。

どことなく、本当のことでないような気がしていたのかもしれない。

そう。——あれって、夢だったんじゃないかしら？

「——失礼」

と、声がして、

「いらっしゃいませ」

と、顔を上げると、そこには遠山が立っていた。

「夢じゃなかった……」

と、君江は呟いてから、「いらっしゃいませ」

と、もう一度くり返したのだった……。

「良かった」

と、遠山が言った。「忘れられてるかと思ってたぜ」

「まだそこまで衰《おとろ》えていません」

と、君江は言った。「今日はどちらにご用で？」

そう訊いてから、ハッとして、

「まさか今日やってしまうわけじゃないですよね？」

「予定の変更はないよ」

と、遠山が微笑んで、「ちょっと、ここに入ってる〈F学園〉を覗いて行きたくてね」

「〈F学園〉ですか？　何か習われるんですの？」

「いや、具体的にってわけじゃない。ただ、どんなものか見たくてね」

「でしたら、エレベーターで九階へどうぞ。受付がございます」

「ありがとう」

と、遠山は会釈して、エレベーターへと向い、たちまち他の客の間に埋れて見えなくなってしまった。

君江は、眠気もいっぺんに吹き飛んで、息をついた。

今さら、警察へ届け出るわけにもいかない。それに、ふしぎと君江はあの計画を防ごうという気になれなかった。

遠山という男が、どこか奇妙に君江を魅了していた、と言ってもいいかもしれない。

「どうかしてるわ、私……」

と、君江が呟く。

そこへ、元気よく、

「おはようございます！」

と、辺りに響き渡るような声がして、やって来たのは戸畑佳苗だった。

「あら、どうも」

と、君江は言った。

「おはよう、って時間じゃないですね」

と、佳苗は自分で笑って、「でも、ついさっき起きたばかりなんで」

「楽しそうですね」

と、君江もつられて笑顔になると、「Kホールの〈Xマス・ガラコンサート〉、大好評ですってね。特に司会が良かったって」

「ありがとうございます」

と、佳苗は言った。「どう聞こえたにせよ、ともかく精一杯やりました！」

「すばらしいわ。輝いてますよ、先生」

「やだ、からかわないで」

佳苗は時計を見て、「あ、急がないと、〈F学園〉の講義に遅れちゃう。それじゃ、安田さん！」

と、エレベーターへと駆け出して行く。

「元気だこと」

と、君江は呟いて、「いいわね、若いってことは」

でも――あの遠山という男、〈F学園〉で何をするつもりなのかしら？

17　天にも上る

「ごめんなさい！」

と、佳苗は〈F学園〉のオフィスへ入って行った。「まだ大丈夫ね」

「あと二分ですよ」

と、事務の女性が笑って、「ハラハラさせないで下さい」

「ごめん。ゆうべはもうグッタリして」

「Kホールですね。お疲れさま」

「生徒さん、来てる？」

〈オペラ入門〉のクラスが、佳苗の担当である。

「ええ！　今日は一人も休みなし」

「凄い！　じゃ、真面目にやんなきゃ！」

佳苗はファイルをつかむと、「それじゃ」

と、小走りにオフィスを出て行く。

「あ、戸畑先生――」

と、事務の女性が呼びかけたときには、もう佳苗は教室の方へと行ってしまっていた。

「若返っちゃったわね、戸畑先生」

と、事務の女性は苦笑して、「新しい生徒さんが入りましたよって言ってあげようとしたのに……」

そう。それも男性の生徒が！

「こんにちは、皆さん！」

ドアを開けて、教室へ入ると、佳苗は元気よく言った。

すると、一斉に拍手が起ったのだ。佳苗が戸惑っていると、

「先生！　ゆうべはドレス、とてもお似合いでしたよ！」

と、生徒の一人から声がかかる。

「え？　おいでになってたんですか？」

「もちろん。でも、佳苗先生が司会をされるなんて知らなかったので、びっくりしました」

「一番びっくりしたのは私です」

と、佳苗はザッと事情を説明した。「良かったわ。会場の皆さんと目が合わなくて。きっと、カーッとなって、何しゃべってるのか分らなくなりましたよ」

「あら、でも、とても堂々とされてましたよ。ねえ?」

「そうそう。パッと華やかで、やっぱりガラの司会はああでなきゃね」

改めて拍手が起る。佳苗はすっかり照れてしまって、

「そのお話はこれくらいで」

と壇上に上った。

もちろん、カルチャーの教室だから、〈生徒〉といっても、ほとんどは三十四歳の佳苗より年上の女性ばかりだ。しかし、今日は……。

「前回はワーグナーの文学性ということについて途中までお話ししましたね。今日はその続きを、CDで聞きながら――」

と言いかけて、佳苗は言葉を切った。

教室には二十人ほどの生徒がいる。後ろの方の席は空いているのだが、そこにスーツにネクタイの男性が一人、座っていたのである。

「あの……」

と、佳苗は少し伸びをしながら、「そちらは……〈F学園〉の関係の方ですか?」

講義の様子を見に来たのかと思ったのである。しかし、その男性は、

「見学です」

と、微笑んで、「受付で訊いたら、一度見学してみて下さいと言われまして」

佳苗は目を見開いて、

「――失礼しました！　もちろん構わないんですよ。もしよかったら、来週からおいでになって下さい。――あ、メモがありました。ええと……遠山さん、ですか？」

「そうです」

と、男は肯いて、「どうぞよろしく」

「こちらこそ。戸畑佳苗です」

「ゆうべのKホール、私も行ってました」

「まあ……。どうも」

佳苗はポッと赤くなった。

「ちょっとのんびりして来ちゃった」

加藤七重が受付に戻って来た。「すみません」

「いいわよ」

と、君江は言った。「今日明日は、お客もぐっと減るわ。その後はまた増えるけどね」

そんなことは、七重も分っているはずだ。何しろ、三十一日の金を盗もうとしているのだから。でも——七重は私のことを知ってるのかしら、と君江は思った。

当然知っているだろう。七重は大谷を誘惑して仲間へ引きずり込んでいる。

君江のケータイが鳴った。

「あら。——もしもし、安田です」

「大谷の家内です。すみません、お仕事中に」

大谷文代だ。

「いいえ。今日、大谷さん、お休みでしたね。昨日の疲れが出たのでは？」

「いいえ、それが……」

と、文代は口ごもった。「安田さん、何かご存知ありません？」

「何のことですか？」

「何だか主人の様子がおかしくて……。今朝、というより昼過ぎになって、ひどく酔って帰って来て……。さっきも起しに行ったんですが、『俺は役立たずなんだ』とか、わけの分らないことばっかり……」

「まあ……」

「主人、仕事で何かまずいことがあったんでしょうか？　それならそれで、知っておきたくて」

分ってる。大谷は、七重の誘惑に乗ってしまったこと。そして泥棒の仲間にさせられることを悔んでいるのだ。

しかし、そうは言えない。

「安田さん、何かご存知？」

「いえ……。大方、何か面白くないことがあったんでしょうね。大丈夫。立ち直りますよ」

「ええ、でも……」

「また年末まで忙しいですし、ご主人、責任感が強いですから、明日にはちゃんと出勤されますよ。もし体の具合でも悪かったら、連絡して下さい」

できるだけ、軽い口調で言った。

「――どうもありがとう」

と、文代は言った。「安田さんとお話しして、少し安心しましたわ」

「良かったわ。じゃ、今日はともかくゆっくり休ませてあげて下さい」

そう言って、君江は通話を切った。

「大谷さんの奥さんから」

と、君江が言った。

「ああ。大谷さん、今日お休みだったわね。今朝まで仕事だったんでしょ？」

「ええ。――大丈夫よ、きっと」

君江は七重のとぼけた様子に、少し腹を立てていた。

しかし、七重は呑気なもので、

「今日は早く帰ろう。毎日忘年会って、大変ですね」

なんて言っている。

「あのね――」

と、君江が言いかけると、

「戸畑さんだ」

と、七重は言った。

講義が終ったらしく、戸畑佳苗がやって来る。

しかし――一人ではなかった。楽しげに話しながら並んで来るのは、遠山だったのである。

君江たちの近くへ来ると、

「では、ここで」

と、遠山が佳苗に言った。

「どうも。次の回にはぜひいらして下さいね」

佳苗の言葉には熱がこもっていた。

「もちろん。必ず伺います」

と、遠山は微笑んで、「では——先生」

「『先生』はやめて下さいな」

佳苗は頬を赤らめて言った。

「いや、先生は先生ですよ」

と、遠山は言って、〈Mモール〉の別のコーナーへと足早に立ち去った。

佳苗がその後ろ姿をじっと見送っている。

君江は、佳苗が遠山に恋しているのだと悟った。——無理もない。遠山にはふしぎな魅力があるのだ。

そう。私なんかがどう思おうと、遠山には関係ない。——君江は思った。

私はただ「利用できる女」というだけだ。いや、「女」でさえないかもしれない。

「やあ、どうも」

と、他の声で君江はハッと我に返った。

「あ……。今野さん」

今野淳一が立っていたのである。

「まあ、今野さん」

と、佳苗が嬉しそうに、「ゆうべはありがとうございました」

「いや、ご苦労様でした。立派な司会でしたよ」

「自分ではほとんど憶えていませんわ」

と、佳苗は恥ずかしそうに言って、「奥様は……」

「一応、本業が忙しくて、捜査に行っています」

「ああ、山野先生のことですね」

「それと、杉戸のこと。——たぶん二つの殺人には関連があるでしょう」

「殺人？　誰が殺されたんですか？」

と、七重が目を丸くしている。

「知らないの？　ゆうべＴＶで騒いでた」

と、君江は言った。

「ところで」

と、淳一は言った。「保安部長の大谷さんはおいでですか」

君江はちょっと詰ったが、

「——今日はお休みで」

と言った。「今朝まで仕事で残っていたので疲れたんだと思います。——何か急ぎのご用が？」

「いや、それなら結構です」

と、淳一は言った。「もしお分りなら、大谷さんのケータイ番号を教えていただけますか？」

「それは分りますけど……」

「うちの怖い女刑事に言われて来ましてね。何の用か知りませんが、大谷さんに伺いたいことがあるようで」

「それって……」

と、七重が言った。「昨日の殺人事件と何か関係があるってことですか？」

「いや、その辺は捜査上の秘密ということで、夫婦といえども、そこは厳しくて」

「分りました」

君江が、大谷のケータイ番号を教えて、「奥さんの電話では、ひどく酔って帰って来て寝ているそうですよ」

「なるほど。では夜にでも連絡するように言っておきましょう」

と、言って、淳一は会釈して立ち去った。

「――さあ」

と、佳苗が言った。「今年は今日で終りだわ。色々お世話になって。来年もよろしく」

「いいえ、こちらこそ」

のか。

と、君江は言った。

「じゃ、よいお年を」

「先生も」

と、言いながら、君江は思った。

よいお年を？　大晦日はとんでもないことになるだろう。そして、自分もどうなるのか。

来年が来るのだろうか……。

「あ、忘れてた」

と、七重が言った。「ちょっと〈F学園〉に行って来ます。頼まれてたことがあって」

「ええ、どうぞ」

君江は、一人になると改めて、人の行き交う〈Mモール〉のスペースを見渡した。

来年になっても、こうして受付に座って、この風景を眺めていられるだろうか……。

佳苗は足取りも軽く、〈Mモール〉を出た。

冬の冷たい風も気にならない。――まるで体がカッと燃えているようだった。

こんなことが起るなんて！

佳苗を「熱く」させているのは、あの遠山という男だった。

ひと目惚れ、と言うものだろうか。あの、少しニヒルな感じの笑顔に魅せられてしまったのだ。

そして、下りて来るエレベーターで一緒になると、遠山は佳苗を今夜のディナーに誘ったのだった。もちろん、断るわけがない！

「すばらしい一年だったわ！」

と、つい口に出してから、佳苗は笑ってしまった。

あの高柳正治が、ドイツ語の講師の寿美子と結婚したと知ったときは、「最悪の一年」だと思ったのに。

あの後、Kホールの〈Xマス・ガラ〉の司会を任され、次の日には遠山と出会った。

「人生って、何が起るか分らないんだわ！」

と、自分に向って言うと、佳苗は〈アイーダ大行進曲〉のメロディを口ずさみながら、通りを歩いて行った……。

18　選択

「あなた！　――あなた！」

文代が大谷の体を激しく揺さぶった。

「おい……。何だ、人が眠ってるのに」

大谷は不機嫌そのものの顔で起き上った。

「それどころじゃないのよ！　一郎が……」

「一郎が？」

息子の名前を聞いて、大谷もいっぺんに目が覚めた。

文代の様子も、ただごとではない。

「一郎がどうしたっていうんだ！」

一郎は友人とスキーに行っているはずだ。

「スキー場から電話で……。ゲレンデで雪崩《なだれ》があったって」

「雪崩……」

大谷の声がかすれて、「で……一郎は？」

「分らないの。まだ見付かってないって。どうしましょう、あなた！」

「待て。――待て。落ちつけ。見付かってないってことは、助かるかもしれんってことだ。いや、きっと助かる！」

大谷は立ち上ると、「スキー場へ行く。――どこだった？」

どこへ行くのかも、ろくに言わずに出かけてしまった。

「聞いたわ。ええと……」

文代がメモ用紙を持って来る。

「見せろ！」

と、大谷は引ったくるようにして、「――何て書いてあるんだ？　読めないぞ」

「手が震えて……。そうS高原ホテルって言ったわ」

「分った。車で行く。カーナビがあれば大丈夫だ」

「私も……」

「お前は家にいろ！　何か連絡があるかもしれん」

「でも――」

「俺一人で行く。そうだ」

これは俺への天罰なんだ。七重と浮気して、泥棒の仲間になって……。

俺をひどい目にあわせればいいのに。どうして一郎を？

服を着て、冷たい水で顔を洗うと、大谷は車のキーをつかんだ。

「行って来る」

「ええ、あなた……」

文代は玄関へ出て、夫を送り出した。

「気を付けてね！」

と呼びかけたのも、夫の耳には入らなかっただろう。

車が走り去るのを見送って、文代はよろけるように家の中へと戻った。

「一郎……」

お願い、生きていて！

何をする気にもなれない。じっとダイニングの椅子に座っていると、三十分ほどして、家の電話が鳴った。

急いで立って行くと、震える手で受話器を上げる。

「――もしもし、大谷でございます」

「N署の者ですが」

「警察……ですか」

「十五分ほど前に、交通事故がありまして」

「は?」

「ご主人の運転されていた車が赤信号を無視して交差点へ——。トラックと接触して、横転しましてね」

「主人の車……。それで主人は……」

「病院へ運ばれましたが、重体です。——もしもし?」

そんな!　——一郎と、夫まで?

「奥さんですね」

「はあ……」

「病院へおいでになれますか?」

「はい、もちろん……」

と言ったきり、文代は気を失って、その場に倒れてしまった……。

安田君江は、受付に座ったまま、ついウトウトしていた。

クリスマスが過ぎて、少し客も減っているせいだろうか、君江ほどのベテランでも気が緩んでいるのである。

しかし、ハッと気が付いて、

「いやだわ……」

と呟く。「しっかりしなきゃ」

隣の七重に見られたか、と気になって横を見ると、七重は完全に眠っていた……。

苦笑していると、君江のケータイが鳴った。

「――はい、安田です」

と出ると、

「今野です」

と、淳一の声。

「あ、どうも。失礼しました」

「え?」

「いえ――あの――。すみません、今、受付でウトウトしていて」

「お疲れですね」

「いえ、仕事ですから」

「そんなときに申し訳ないのですが」

「何でしょう?」

「そちらの保安部長の大谷さんですが」

「あの……大谷さんが何か……」

「車の事故で入院されています」

「まあ！」

一度に目が覚めた。

「重体で、意識不明です。奥さんもショックで倒れて」

「まあ、文代さんまで？」

「入院されているので、私がご連絡を」

「恐れ入ります」

やっと、ショックが君江を襲った。声が震えている。

淳一が穏やかな口調で、

「文代さんの入院先を言います。メモして下さい」

と言った。

「かしこまりました」

メモ用紙を取り出し、ボールペンを握る。それで君江は少し落ちついた。

メモを取って、

「――大谷さんの方は」

「様子がはっきりしたら、またご連絡します」

「分りました」

「妙なことがありましてね」

「といいますと?」

「大谷さんの息子さんが、お友だちとスキーに行っているんですが、そこで雪崩に遭ったという知らせが……」

「一郎君がですか!」

君江は息をのんだ。

「それを聞いて、大谷さんが車で駆けつけようとしたんです。あわてていたんでしょうね。事故を起して」

「それで……」

「文代さんから聞いて問い合せたんですが、スキー場での雪崩などなかったというんです」

「それじゃ――」

「一郎君の方がびっくりして、明日にも帰って来るようです」

「どういうことなんでしょう?」

「さあ。よく分りませんが、誰かがわざとでたらめの知らせを。事故の方も、仕組まれたものかもしれないので、調べています」

「そんなことが……」

「文代さんに連絡してあげて下さい」

「分りました。病院へ行ってみます」

「よろしく」

――今野淳一がこの電話を切ると、君江は少しの間、目を閉じた。

ショックが大きかったのだ。

「――どうかしました？」

七重がいつの間にか目を覚まして、訊いた。

「大谷さんが……」

君江は、淳一から聞いた話を伝えてやった。

「へえ！　大変ですね」

「文代さんのこともよく知ってるし」

「じゃ、病院に行ってあげて下さい」

と、七重は言った。

「でも――あなた、一人で大丈夫？」

「平気ですよ。今日は空いてるし」

「じゃあ……。お願いね」

「分りました。訊かれたら、ちょっと休憩してます、とでも言っときますから。早退にしなくても大丈夫ですよ」

「よろしく」

君江は急いで受付から出て、ロッカールームへと駆けて行った。

「文代さん……」

君江はそっと呼びかけた。

ベッドで点滴を受けている文代は、ゆっくりと瞼《まぶた》を開いた。

「――まあ、安田さん?」

と、まだトロンとした目で、君江を見上げる。

「どう? びっくりしたわ、倒れたって聞いて」

君江はベッドの傍の椅子にかけて、「でも、良かった。顔色もそう悪くないし」

「良くないわ、ちっとも……」

と、文代は呟くように言って、「主人は……」

「今、手を尽くしてくれてるそうよ」

と、君江は正直に言った。

「助からないかもしれない……」

「そんな……。希望を持って。ああ、それと、聞いたでしょ、一郎君のこと」

「無事……だったのね」

「ええ。雪崩なんて、嘘だったのよ」

「誰かが教えてくれたわ……。でも、私、ボーッとしてて、夢だったのか、本当のことだったのか、分らなくなったの……」

「一郎君は何ともなかったの。それは確かよ」

「嬉しいわ……」

「明日には帰って来るって」

「良かった……」

薬のせいか、文代はまたウトウトし始めた。

君江は、黙ってその様子を見守っていたが……。

「失礼します」

声をかけて来たのは、今野真弓だった。

「あ、刑事さん」

と、君江は立ち上った。

「大谷文代さんのお見舞に？」

「そうです。今、ちょっと眠っているみたいですが……」

「お話を伺いたいので」

真弓は、文代に呼びかけた。「奥さん、文代さん」

「はあ……」

「警察の者です」

真弓は、むだなことは言わず、大谷が車で出かけたいきさつを文代から訊き出すと、

「息子さんの遭難というのは嘘だったわけですが、そういういやがらせをする人間の心当りは？」

「一向に……。あの、主人の具合は……」

「まだ何とも。道田刑事がそばについているので、何かあったらすぐ連絡して来るでしょう」

と、真弓は言った。「でも、出かける前に、スキー場へ確認してみるとか、しなかったんですか？」

「そうですね……。でも、そんな余裕がなかったんだと思います。もともとあの人の様子がおかしかったんです」

「どんな風に？」

――話をそばで立って聞いていた君江の胸が痛んだ。

大谷は自分を責めていた。私も同罪なのに……。

「何か理由がありそうですね」

と、真弓は言った。「ご主人の意識が戻ったら、訊いてみましょう」

「よろしくお願いします。そりゃあ真面目な人なんです」

「分ってます」

真弓はニッコリ笑って、「うちの主人とそっくりです」

淳一がクシャミしていたかもしれない。


「あら、中谷さん」

という声に足を止めて、

「まあ、宮前さん」

中谷涼子は目を丸くした。

「こんな所で……」

と、宮前あずさは言った。「これからご出発？」

「ええ。少しのんびりしようと思って」

ゆうべ、Kホールの〈Xマス・ガラコンサート〉に出たばかりだ。ホールの支配人、宮前あずさと成田空港で出会うとは。

「あずささん、ご用で？」

「お出迎えです」

と、あずさは言った。「〈ジルベスター・コンサート〉のソリストが今日着くので」

「ああ、大変ですね。休む間もなく」

「こういう仕事ですもの」

と、あずさは笑って、「その代り、自分じゃ歌いませんから」

〈ジルベスター・コンサート〉は十二月三十一日の午後十時から始まって、コンサート中に新年を迎える。テノール歌手とソプラノ歌手が一人ずつ来日して歌うことになっていた。

「じゃ、また」

と、手を振って、あずさはロビーの人ごみに消えて行った。

涼子は、もう荷物も預け、手続を終えていたので、時間を潰すために、しばらく売店などをブラついて、それからカフェに入った。

二十分くらいは大丈夫。

コーヒーを飲みながら、ロビーを行き交う人たちを眺める。

「ハッピーバースデイ」

と、自分のコーヒーカップを持ち上げて、呟く。

今日は誕生日ではない。でも、「ハッピーバースデイ」なのだ。

涼子は、ゆうべの〈ガラ〉で、自分が生れ変ったような気がしていた。

それは、あのテノール、会田への未練がすっかり断ち切れたからでもあったが、それだけではない。

あのステージで、田ノ倉の指揮で歌い、改めて、「歌うことが大好き」になったのである。まるで、歌手になろうと音大の受験のために日々練習していたときのようだった。

いつの間にか、「歌う喜び」を、どこかへ置き忘れて来た自分に気付いたのだ。

「また第一歩からだわ」

この休暇が終ったら、改めてヨーロッパで先生について学ぼう。呼吸の仕方、発声の基本から。

その日々が、今からとても楽しみだった……。

「中谷涼子様……」

「――え？」

ふと我に返ると、アナウンスの声が、

「中谷涼子様。いらっしゃいましたら……」

どう聞いても自分の名前だ。それとも、同姓同名？

でも、ここにいることは、誰も知らないはずだが……。

ともかくカフェを出ると、案内所へ足を向けた。

「中谷涼子ですが……」

「お待ち下さい」

電話に出てくれと言われ、

「もしもし」

と言ったとたん、

「中谷さん？　良かった！」

「え？　あずささん？」

「ええ。ケータイにかけてもつながらないんで、出発しちゃったのかと……」

「もう電源切ってたの。どうしたんですか？」

「お願い！　旅行、中止して」

「は？」

「〈ジルベスター〉のソリストのソプラノ歌手が、向うの空港で熱出して倒れちゃったの。テノールは来たんだけど、ソプラノの方は何の連絡もなくて」

「まあ」

「今からじゃ、誰も見付からない。お願い！　〈ジルベスター〉に出て下さい！」

涼子はしばし愕然としていた。

「でも……」

やっと、涼子は言った。「〈ジルベスター〉って、ウィンナ・ワルツでしょ。歌もオペレッタじゃないんですか」

「それはそうなんだけど……」

「無理ですよ。私、イタリアオペラが専門だし、フランスのものも少しは勉強しましたけど……」

大晦日の〈ジルベスター・コンサート〉は、ウィーンから指揮者とソリストを招《よ》んでいる。演奏されるのは、ヨハン・シュトラウスのワルツやポルカが中心だ。

歌はオペレッタ〈こうもり〉や〈メリー・ウィドウ〉などから選ばれる。当然ドイツ語だ。

「今からドイツ語の歌なんて憶えられませんよ」

と、涼子は言った。

そして――しばらく返事がないので、

「もしもし？　あずささん？」

「あなたの言う通りね……」

と、あずさは力なく言った。「ごめんなさい。無理なことを言ってしまって」

「いえ……」

「いい旅を。お邪魔しました」

「あの――」

と、涼子は急いで言った。「どうするんですか?」

「何とか……こちらで考えます。すみません、余計な心配かけて」

「いいえ、そんなこと……」

「じゃ」

「はい……」

電話が切れて、涼子は受話器を置いた。

「大変ね、あずささんも」

と呟く。

相手はヨーロッパにいるのだから、無理にでも連れて来るというわけにはいかない。連絡をつけるだけでもひと苦労だろう。

「私にはどうにもできないし……」

と、涼子は歩き出した。

「オペレッタか……」

知っている曲もいくつかはある。しかし、ドイツ語の歌詞をちゃんと憶えているわけではない。

ドイツにも少し暮したことはあるが、ドイツ語は日常会話しか分らない。ウィーン風の発音となると、また特別なのだ。

「今から勉強したって……」

〈ジルベスター〉は三十一日だ。今日は二十六日。今日を入れたら五日間ある。

涼子は足を止めると、ケータイを取り出して、電源を入れ、宮前あずさへかけた。

「――中谷さん？」

「あずささん。今夜から特別コーチ、つけてもらえます？　ドイツ語の歌を、ウィーン訛《なま》りで歌えるように」

「すぐ手配します！」

あずさの声が、一オクターブ高くなった……。

こんなことがあっていいのかしら？

「――何がおかしいの？」

と、遠山が言った。

「私、笑ってた？」

と、戸畑佳苗はワイングラスを手に言った。

「うん。どう見ても、口もとが笑ってたよ」

「そう？　じゃ、とても幸せだからだわ」

と、佳苗は言って、「あなたと一緒にいられてね」

「そいつは嬉しいね。少なくとも、一緒にいて退屈だと言われるよりは」

「まあ……」

――ディナーに誘われた佳苗は、高層ビルの最上階のレストランから、星空のような夜景を見下ろしていた。

ディナーもすばらしくおいしかった。しかし、正直なところ、料理の味は二の次で、佳苗としては、遠山といられることが何よりの「ごちそう」だったのである。

しかも、ディナーの途中、ワインの二杯目を空けたところで、

「今夜、この隣のホテルを取ってある」

と、遠山に言われたのだ。「無理に、とは言わないけど、もし良かったら、泊って行かないか」

断る理由なんかない！

「喜んで」

と、佳苗は言って、「少し酔ったみたい。顔がほてってるわ」

と、頰に手の甲を当てた。

もちろん、遠山のことをよく知らない。いや、ほとんど知らないと言ってもいい。でも、そんなことはどうでもいいのだ。今、この人に抱かれたい、と心から望んでいる。

それが叶えられるのなら、何も後悔はしない――。

「さあ、コーヒーにしよう」

遠山は微笑んで言った。

「私も」

と、佳苗は言って、「ちょっと、お化粧を直して来ます」

と、席を立った。

化粧室で、鏡の中の自分を見て、

「うん。なかなか魅力的だ」

と、肯く。

髪を直して、化粧室を出ると、席へ戻ろうとしたが――。

そばに立っている人影に気付いて振り向いた。

「あら……」

――席に戻ると、もうコーヒーが来ていた。

「少し冷めたかな。淹《い》れ直してもらおうか？」

と、遠山が言った。

「いえ、いいです」

と、佳苗は席にかけて、コーヒーをブラックのまま一口飲んだ。

「もう酔いは覚めた？」

「え……。ええ、大分」

と、佳苗は言って、「──遠山さん」

「何だい？」

「ごめんなさい。今夜はご一緒できないわ」

遠山は面食らったようで、

「どうかしたのかい？」

「急な仕事が……。ケータイをついチェックしちゃったの。メールが入ってて、連絡したら、どうしても今夜中にしなきゃいけないインタビューが……」

と、佳苗は言って、「ごめんなさい」

と、頭を下げた。

「いや……。それなら仕方ないね。残念だけど」

「私も残念ですけど」

と言うと、佳苗はコーヒーを一気に飲み干した。

19　特訓

中谷涼子の高音が、澄み切った響きと共にホールの中に広がって消えた。

少し間があって、

「結構ですわ」

と言ったのは、高柳寿美子だった。

〈F学園〉でドイツ語を教えている寿美子が、Kホールの宮前あずさに頼まれて、涼子のドイツ語コーチをつとめているのだ。

「ドイツ語としては充分です」

と、寿美子は言って、ステージの傍で聞いていた男性の方を見た。

「スバラシイ！」

と、日本語で言ったのは、〈ジルベスター・コンサート〉で涼子と共演するテノール歌手、フランク・ショルツである。

その後のドイツ語を、寿美子は通訳して、

「ウィーン訛りは、あまり強調しない方が粋に聞こえるって。今ぐらいでちょうどいいそうですよ」

「ありがとう！」

涼子は汗を拭おうともしなかった。

——宮前あずさから、大晦日の年越しコンサート、〈ジルベスター〉に、ソプラノ歌手の代役として急遽《きゅうきょ》出演することになった涼子。

歌うのは、ヨハン・シュトラウスやレハール、カールマンなどのオペレッタの中の歌で、ほとんどがドイツ語だ。

依頼された二十六日から、ドイツ語の歌詞の発音の猛特訓を受けた涼子は、最終的にウィーン育ちのテノール、フランク・ショルツから、ウィーン独特の発音を学んでいた。

Kホールのステージで、伴奏はピアノだが、もう今日は三十日。明晩が本番なのだから、仕上っていなければ間に合わない。

「ありがとう、高柳さん」

と、涼子は少し涙ぐんでいた。「あなたのおかげで、何とか間に合った」

「いいえ、涼子さんが頑張ったのよ」

二人は手を取り合った。

「後は、明日の午後のゲネプロね」

と、涼子は息をついた。「〈ジルベスター〉ですものね。譜面を見ながら歌うのはいやだわ」

テノールのフランクが、ピアノ伴奏で自分の持ち歌を、少し力を抜いて歌う。

袖に入った涼子は、

「あずささんは？」

と、ホールの人に訊いた。

あずさが、今日はホールへ来ていない。

「忙しいでしょうね」

と、寿美子が言った。「新年になれば、一日から〈ニューイヤー〉ですもの」

「本当ね」

と、涼子は肯いた。「私たちは、コンサートが終れば休めるけど、あずささんは、次の日の準備をしなきゃいけないんですものね」

「本当によく頑張るわ」

と、寿美子が言った。「〈ニューイヤー〉の方は、ソプラノの人、間に合うの？」

「ええ。確か今夜成田に着くはずよ」

一応、風邪は治ったらしいが、喉は本調子でなく、〈ジルベスター〉は涼子に任せて休むということだ。

「コーヒーでもいかが？」

と、涼子は誘った。

Kホールのそばのコーヒーショップで、二人してカフェオレを味わっていると――。

「あら、あずささん」

店に、宮前あずさが入って来た。

「どうしたの？」

と、涼子と寿美子が同時に声を上げたのは、あずさが、目の下にはっきりと分るくまを作り、目を血走らせていたからで……。

「そんなにひどいですか？」

と、あずさは言った。

「うん」

と、二人が肯く。

「そりゃそうですよね」

あずさはコーヒーをブラックでもらって飲むと、「――レオが倒れました」

「〈ジルベスター〉の指揮者が？　まあ！」

ウィーンからやって来たレオ・シュタインは、大ベテランだが……。

「もう八十歳ですからね。もう少し若い人を連れて来てほしかった！」

「倒れたって、どこで？」

「ホテルで。血圧が高くて、絶対安静ですって」

「まあ……。でも、明日よ、本番」

そんなことは、あずさの方が分っている。

「涼子さん！」

あずさは、突然、何と床にペタッと座って手をつくと、「お願い！　田ノ倉さんの所へ一緒に行って下さい！」

「あずささん！　そんなことやめて！――でも、田ノ倉さんに？」

「こうなったら、当って砕ける。お願いです！　私一人じゃ……」

「私だって……。じゃあ、〈ニューイヤー〉も頼むってこと？」

「シュタインが今の病状じゃ、〈ニューイヤー〉も無理だと思います」

「ともかく立って。――田ノ倉さん、〈Xマス・ガラ〉だけでも珍しかったのに」

「分ってます。でも他の指揮者で、レパートリーの広い人というと……」

そのとき、

「ねえ、ちょっと」

と、寿美子があずさをつついた。「振り向いてみて」

「え？」

振り返って、あずさは目を疑った。——そこには、当の田ノ倉が立っていたのである。

「田ノ倉さん……」

「レオから電話があった」

と、田ノ倉は言った。「代りに振ってくれ、と。長い付合いだ。仕方ない」

「ありがとうございます！」

あずさは飛び上らんばかりだった。

「マネージャーの大山が目を回す。君が話してくれ。〈ニューイヤー〉もこれで、ギャラはいただく」

「もちろんです」

「もう一つ、条件がある」

「はい」

「〈ジルベスター〉の司会だが——」

と、田ノ倉が言いかけたとき、息せき切ってコーヒーショップへ駆け込んで来たのは、何と戸畑佳苗だった。

「何ですか、『命にかかわる緊急の用』って？」

と、佳苗は田ノ倉へ訊いた。

「私がそう言っているのだから、緊急なのだ」

と、田ノ倉は言った。

「はあ……」

「先生、もしかして……」

と、あずさが言った。「司会を戸畑さんに？」

「うん。それが〈ジルベスター〉を振る条件だ」

佳苗はわけが分らず、

「何の話ですか？」

「あのね、佳苗さん」

あずさの説明は簡潔《かんけつ》で、筋の通ったものだったが、佳苗の方は、

「私が明日の司会？」

と、目を丸くした。「そんな無茶な……」

「お願い！　ギャラ、割増するから」

「そういうことじゃ……。だって、田ノ倉先生が……私を？」

佳苗が唖然《あぜん》としているのも無理はない。

〈Xマス・ガラ〉は、少々進行が延びて遅れても構わないが、〈ジルベスター〉とな

ると、そうはいかない。

コンサートのクライマックスで、新年へのカウントダウンをやらなくてはならない。タイミングが難しい。

「今年最後の曲は何だ?」

と、田ノ倉があずさに訊いた。

「あ……。予定では、〈ウィーンの森の物語〉です」

「あんな長くて難しいワルツ? ちゃんと終らせるのがどんなに大変か分るか?」

「すみません」

「まあ……オケの方が慣れてるだろうがな」

プログラムの終り近く、華やかなウィンナ・ワルツが演奏され、終ったところが午前〇時の十秒前。司会者が「十、九、八……」とカウントダウンして、「ハッピーニューイヤー!」となる。

演奏のテンポで、曲の長さは微妙に変る。

「司会に予定してたのは、どこかのタレントだったな」

「はい。司会は変更できますが、音楽の方は……」

「分っとる。曲が終らん内に午前〇時という、みっともないことにはしない」

「よろしくお願いします!」

と、あずさは深々と頭を下げた。

「で、司会だが……。いいな？」

田ノ倉に正面切って言われたら、佳苗も、

「よろしく……」

と言うしかなかった。

「楽しいね！〈Xマス・ガラ〉の再現ね！」

と、涼子は嬉しそうに言ったが、

「胃が痛い……」

と、佳苗は情けない顔で呟いた……。

20　その日……

安田君江は、いつもの時間に目が覚めた。

「眠ってたんだわ……」

自分が眠れたことが驚きだった。

間違いなく、今日は十二月三十一日、大晦日だ。とうとう来てしまったのだ。

その日が……。

いつも通り。——そう、いつも通りに。そうすれば、今日も無事終るかもしれない。

そんな空しい期待を抱いて、朝の仕度をする。

身支度をしたところで、ケータイが鳴った。

「——はい」

「今日だ」

と、遠山が言った。

「はい」

「間違いなく頼むよ」

「分っています」

と、君江は言った。「あの……」

「何だ？」

「大谷さんがけがを……」

「知ってる。車の事故だってな。ツイてなかったな」

「あれは……事故だったんですよね」

「そうだろう。――何が言いたいんだ？」

「いえ、別に」

「予定通りに行動してくれれば、後で疑われることもない。いいね」

「はい」

「今夜が楽しみだ」

遠山は、まるで映画でも見に行くという口調で言った。

――君江は、〈Mモール〉へと向った。

「どうなるのかしら？」

と、〈Mモール〉の中へ入りながら呟く。

遠山は戸畑佳苗と付合っているのかと思っていた。しかし、佳苗が〈Kホール〉の大晦日のコンサートの司会をやることになったと聞いて、君江は少しホッとした。

佳苗に、いささか妬《や》いていたせいもあるし、また今夜のことに、佳苗を巻き込まずにすむと思ってホッとしたためでもあった。

「——おはようございます」

受付に行くと、何と加藤七重が座っていたのだ！

「早いのね」

「大晦日ぐらいは」

と、七重は微笑んだ。

それはそうだろう。今夜は大切な「仕事」が待っている。

「今日は七時で閉めるんですよね」

と、七重が言った。

「そう。今は夜中まで飲んで騒いだりする人もいないのよ」

と、君江は言った。

〈Mモール〉も、朝から客の数はいつもより少ない。〈F学園〉も、もう休みに入っているし、中に入っている店でも、閉めている所がある。

「大谷さん、どうなんですか？」

と、七重が訊く。

「何とか命は取り止めたみたいだけど、当分入院でしょうね」

と、君江は七重の方を見ずに言った。

元はといえば、七重が大谷を誘惑して、盗みの仲間に引き入れたせいだ。平然と大谷の容態を訊いたりできる七重の神経が、君江には分らなかった……。


「――失礼」

受付に、コートを着た上品な紳士がやって来て、声をかけた。

「はい、何のご用でしょう？」

「コインロッカーはありますか」

「ございますが……」

「このバッグを預けたい」

と、少し大きめのボストンバッグを持ち上げて見せた。

「結構ですが、ここは正月の一日、二日がお休みなので、お出しになれるのは三日になりますが……」

「それでいいんです。ちょうど二日まで、娘夫婦の所へ泊るのでね、三日に出しに来ます」

感じのいい紳士だった。

「でしたら――。ご案内します」

君江は受付を出て、その紳士を案内した。

「——この少し大きいタイプの方が。百円高くなりますが」

「いや、ギュウギュウ押し込むのもどうも……。広い方にしましょう」

紳士はバッグをコインロッカーへ入れて、料金を入れ、ロックした。

「いや、わざわざ案内していただいて、申し訳ない」

「とんでもない」

「ではよろしく」

「かしこまりました。よいお年を」

と、君江は言った。

受付の方へ戻って行くと、

「あら」

高柳寿美子がやって来たのだ。

「もう〈F学園〉、閉ってるんでしょう?」

「ええ。主人と待ち合せを。夜はKホールに行くので」

「年越しのコンサートですね」

「そうなの。私がドイツ語のコーチをしたものだから」

寿美子はニコニコして、以前よりずっと明るくなっていた。

受付に戻ると、七重がいない。

「またどこへ行ってるのかしら」

と呟いて、君江が席につくと、

「ご苦労さま」

「あ、今野さん。奥様は今日もお仕事なんですか？」

「ええ。今夜は〈ジルベスター・コンサート〉でね」

「お揃《そろ》いでお出かけですか」

「まあね」

と、淳一はちょっと意味ありげに微笑んで「今日は大晦日です。何が起るか分りませんよ」

と言った。


「やあ、これは……」

と、淳一が言った。「一瞬、どなたか分りませんでしたよ」

「似合わないでしょ」

と、赤いドレスに身を包んだその女性は、ドレスに負けないほど赤くなって、「こんな格好、初めてだわ」

Kホールのスポンサー企業、S社の波川社長の娘、敏子である。

「いや、とてもすてきですよ」

と、淳一は言ったが、あまり他の女性をほめると、真弓の耳に入ったときに怖い。

夜、九時。——今年もあと三時間である。

Kホールの大晦日の〈ジルベスター・コンサート〉は午後十時開演で、新年をコンサート中に迎える。

Kホールの前には、かなり寒い風が吹いている中、盛装した男女が、もう大勢集まっていた。

「九時には開場です」

と、淳一は言った。「もう開くでしょう」

そう言い終らない内に、Kホールの正面入口のオルゴールが鳴って、扉が開いた。

「中へ入って、軽く何か食べておくというのは？」

「賛成！　本当にお腹ペコペコ！」

と、敏子は言った。

正面入口を入って行くと、スーツ姿の宮前あずさが立って、客を出迎えた。

「今野さん」

「どうも。——S社の波川社長のお嬢さんです」

「まあ、どうも。社長さんは……」

「来ると言ってました。でも、たぶんずっと居眠りしてるでしょうけど」

と、敏子は言った。

淳一は敏子とロビーの軽食のあるカウンターへ行って、サンドイッチを買った。

「今野さんは食べないんですか？」

と、早速サンドイッチをパクつきながら、敏子は言った。

「ちょっと仕事がありましてね。ひと切だけいただきます」

「こんな大晦日にお仕事？」

「まあね」

と、淳一は微笑んで、「世の中には、決して休めない仕事が二つあります。刑事と泥棒です」

敏子はそれを聞いて、声を上げて笑った。

「今野さんって楽しい！」

「人は楽しんで生きなくてはね」

と、淳一は言った。「ちょっとご紹介しましょう」

「え？」

「おい、道田君」

淳一が手招きする。――道田刑事が、敏子と同様サンドイッチを食べながらやって来た。

「どうも……すみません！」

と、口の中のサンドイッチをコーヒーで流し込むと、息をついた。

淳一は道田に敏子を紹介してから、

「私は、コンサートの途中で席を立つかもしれません」

と、敏子に言った。「この道田君が、あなたのそばにいます」

敏子の顔に、ふと不安げな表情が浮んだ。

「何か――起りそうなんですか」

「何とも言えませんが」

と、淳一は首を振って、「万が一を考えてのことです」

「あの……奥様の刑事さんがいらっしゃらないのは、何か極秘の任務で？」

淳一は真顔で、

「実はその通りです――と言いたいところですが、仕度に手間取って遅れただけです」

そう言ったとたん、ロビーを大胆に胸元の開いたドレス姿で真弓がやって来た。

敏子がホッとした様子で笑った。

「何かおかしい？」

と、真弓がけげんな顔で訊く。

「いいえ！　凄くすてきです！」

「では、ちょっと打合せで」

淳一が真弓を促して、その場を離れた。

「——理想的なカップルですね」

と、敏子は言った。

「そうですね……」

道田の思いは、体の線をくっきりと出した真弓の後ろ姿へとひきつけられていたのだった……。

「あなた」

と、真弓がジロッと淳一をにらんで、「あの子に惚れたの？」

「おい、それどころじゃないだろ」

と、淳一は苦笑して、「向うの首尾はどうなんだ？」

「大丈夫。〈Mモール〉は七時に閉ってるけど、中のお店は片付けやら何やらで、九時近くまで人がいるわ」

「その後、飾り付けの交換か」

「夜中の内に、お正月用の飾り付けになるそうよ」

「作業のために人が出入りするな」

「そう。監視はしてるわ」

「十時にコンサートが始まる」

と、淳一が腕時計を見て、「そしたら〈Mモール〉へ出かけよう」

「そうね。——何か食べる？」

「いや、食事はすべて片付いてからにしよう」

と、淳一は言った。

「すべて？」

「ああ、すべてだ」

「そう簡単に行く？」

「行くとも。何といっても、今日は大晦日だぜ」

淳一は口もとに笑みを浮かべると、「そっちはどうなんだ？　腹が空いてたら、何か食べろよ」

「いえ——。『すべて片付いて』からでいいわよ、私も」

と言ったとたん、真弓のお腹がグーッと音をたてた……。

「お疲れさま」

「よいお年を」

あちこちで、そんな言葉が交《か》わされる。

安田君江は、〈Mモール〉のロビーに立って、モール内の店の人たちが帰って行くのを見送った。

「外は寒いわね」

「紅白、少しは見られるかしら……」

マフラーを巻きつけて帰って行く人もいる。

「君江さん、帰らないの？」

と、同年代のエステサロンの女性が声をかける。

「これから飾り付けの交換の人たちが来るのよ」

「あ、そうか。大変ね」

「慣れてるわ。じゃ、気を付けて」

「そっちもね。また正月三日に」

「ええ」

――午後十時。

もうほとんど帰る人もいなくなった。

ケータイが鳴って、出ると、

「〈S内装〉です」

「ご苦労さま。今、通用口を開けるわ」

と言って、君江は、少し離れてぶらついている七重へ、「裏を開けてくるわ」

と、声をかけた。

「はあい」

君江は奥の廊下を急いで、荷物搬入口へ向った。

〈Mモール〉全体の飾り付けは大変な手間だし、運び込むもの、運び出すものも相当な量である。

暗証番号を押して、開閉ボタンを押すと、両開きのドアが電動でゆっくりと開く。

作業服姿の男が七、八人立っていた。

「ご苦労さま」

と、君江は言った。「よろしくお願いします」

「失礼します」

男たちが入って来る。

「あら、いつものリーダーの人は?」

と、君江は訊いた。

「ちょっとけがしちゃってね。入院してるんですよ」

「まあ、それはいけないわね」

と言った君江は、最後に入って来た男を見て息を呑んだ。

作業服を着て、マスクをしていたが、間違いなく遠山だったのである。

男たちが中へ入って行く。遠山は足を止めて、君江の方を振り返ると、マスクを外して、

「心配いらない」

と言った。「飾り付けもちゃんとやって行くよ」

「遠山さん……」

「そちらの仕事は、まだこれからだ。いつものように受付に座っていてくれ」

「——分りました」

と、君江は言って、再びマスクをして行く遠山の後ろ姿を見送った……。

十時になって、開演のチャイムがKホールのロビーに鳴り渡った。

「席につきましょう」

道田が促すと、波川敏子は、

「ええ……」

と肯いて、「お父さん、どうしたのかしら」

こんなコンサートに、およそ慣れていない父だが、開演に遅れるというのは珍しい。

ロビーで、シャンパンなど飲んでいた人々も客席へ入って行く。敏子も父のことを気にしながら、道田と並んで席についた。

場内に、ケータイについての注意が流れていると、

「すまん！」

波川が息を弾ませてやって来た。

「お父さん、ハラハラしたわ」

「ああ……。急な用が入ってな」

波川はそう言って、ハンカチを取り出すと、汗を拭った。

「そんなに急いで来たの？」

「まあな。――そうだ、ケータイを切らなくちゃな」

娘の隣の席に座って、波川はケータイを取り出した。「あ！」

ケータイが落っこちて、前の席の下へ入ってしまったのだ。

「お父さん！　何やってるの」

と、敏子は顔をしかめて、「拾える？」

「もちろんだ……」

と言ったものの、太っている波川には、狭い座席との間にかがむのは大変で、

「僕が拾います」

と、道田が言って、一旦通路へ出た波川の代りに、身をかがめケータイを拾い上げた。

「——さ、どうぞ」

「すみません！」

と、波川は恐縮して、「いや、全く困りますよ、無器用でね」

「気を付けてよ、お父さん。道田さん、ごめんなさい」

「いや、これぐらいのこと」

と、道田が席に戻る。

波川がふしぎそうに、

「お前の知り合いか？」

と、敏子に訊いた。

「刑事さんよ、道田さんは」

「刑事……。そうか」

「私のボディガード」

と、敏子が冗談めかして言うと、

「身をもって、敏子さんを守れという命令を受けています」

と、道田が大真面目に言った。

「身をもって……」

と、波川が肯く。

そこへ、華やかにオーケストラの演奏が始まって、一気に雰囲気が盛り上る。

「あと二時間足らずで、新年ね」

と、敏子は隣の父へと言った。

「そうだな……」

波川はまたハンカチで汗を拭う。

敏子は父が少しも息を乱していないことに気付いていた。

走って来たわけではないのだ。

では、なぜ汗をかいているのだろう？

敏子はそっと父の横顔を眺めた……。

21　宴半ば

約一時間で前半は終り、ホールは休憩に入った。

「やれやれ」

と、袖に入って来た田ノ倉は息をついて、

「こんなにくたびれる指揮は初めてだ」

「すみません」

と、司会をつとめる戸畑佳苗が汗を拭いて、

「予定より一分半も延びてしまいましたけど……」

「何とかなるさ」

と、田ノ倉は愉しげで、「中谷君！　よくドイツ語の歌を憶えたな。偉いぞ」

「ありがとうございます」

涼子も、汗をかいている。

「皆さん、ご苦労さまです」

と、宮前あずさがやって来た。「佳苗さん、立派よ」

「でも、一分半も……」

「いつもは三、四分も狂うの。ずっとうまく行ってるわ」

「そうですか！」

佳苗はホッとした様子だった。

「田ノ倉先生も、皆さんもお着替えを」

と、あずさは言った。

「そうだったわ」

と、涼子は言って、「一晩で、大分やせそうね」

みんながそれぞれ楽屋へ引き上げて行く。

と、あずさが追いかけて、「懐中時計です。カウントダウンに入る前に何とか――」

「あ、田ノ倉先生！」

「そんなものはいらん」

と、田ノ倉は首を振って、「心配するな。少々狂っても誰も死なん」

「は……」

あずさは呆気に取られて、田ノ倉を見送っていた……。

クリスマスの飾り付けの内、サンタの人形やそり、長靴などは二十五日の夜の内に片付けられていたが、ロビーの真中にでんと置かれたクリスマスツリーはそのままで、イルミネーションを始め、プレゼントの箱などは置いたままになっている。

君江は、作業服の男たちが、せっせとそういう飾りものを外して行くのを、ロビーの隅に立って眺めていた。

その手ぎわの良さは、本当の業者のようだ。

それにしても――いつ、本当の目的「盗み」に入るのだろう？

外した飾りものが、ロビーに山のように積み上げられる。

「よし、じゃ、このツリーだ」

と、遠山が言った。

ツリー？　あんな大きなものをどうしようというのだろう？

首をかしげていると、男たちは大きな脚立《きゃたつ》を何台か持って来てツリーを囲むように置いた。そして、マジックハンドのようなものを四方から伸してツリーの幹の真中辺りをつかむと、

「よし。一、二の三！」

かけ声と共に――ツリーが真中から上下に分れたのだ！

「まあ……」

思わず声を上げる。

遠山がそれを聞いて、振り向くと、

「知らなかったのか？　このもみの木は作りものなんだ」

「はあ……」

「そして、上下に分れる。幹の中は空洞になっていてな……」

「空洞？」

幹はかなりの太さがある。その中へ道具を入れると、中からしっかりと紐《ひも》で縛られた包みが出て来た。

それも一つではない。三つ、四つ……。

「よし、土の中だ」

もみの木の根元を掘ると、同じような包みがさらにいくつも出て来る。

何だろう？　君江は呆然として見ているばかりだった。

「箱を開けろ」

プレゼントに見たてて、根元の周りに置いてあった、赤や金色の包装紙の包み。むろん中は何も入っていない――と思っていたのだが……。

ビリビリと包装紙を破いて、箱を開けると、遠山は中から拳銃を取り出した。

「そんなものが……」

目を丸くしている君江を楽しげに見て、遠山は笑うと、

「誰もこんなものが入ってるとは思わないだろう？　目につく所にあってもな」

「そんなもの……。どうするんですか？」

君江は青ざめていた。

「心配するな。殺しゃしない。――何もしなければな」

「はい……」

「時間だ」

と、遠山は言った。「おい、目につかないようにしろ」

拳銃は背中の方へ挟んで、作業服で隠す。

「おい」

と、遠山は君江に言った。「正面のシャッターを上げろ」

「はい」

「玄関扉もだ」

言われるままに、君江は操作盤の所へ行って、ボタンを押した。

少し間があって、静かに玄関の扉が開き、続いて表のシャッターが上がって行く。

君江は目を見開いた。

そこに十人ほどの男たちがコート姿で立っていた。そして、大きなワゴン車が二台。

二台の車は、そのままロビーの中へと入って来た。

コートの男の一人が進み出て来た。——外国人だということは分るが、どこの国の人間か分らない。

遠山が進み出て、その男と話し始めた。——ドイツ語だろうか？

遠山が他の一人に言って、包みの一つを持って来させた。包みを縛った紐《ひも》をナイフで切ると、包みを開ける。

君江からは何が入っているのかはよく見えない。

「取引だ」

と、遠山が言うと、ワゴン車の後ろの扉が開いた。

包みの中身を確かめたコートの男が、他の男たちへ肯いて見せる。

コートの男たちが、床に積まれた包みを次々にワゴン車に運び込んで行く。

「間違いないな」

と、コートの男が遠山へ言った。

「そっちも約束を守ってもらおう」

と、遠山が言った。

「分ってる。——おい」

ワゴン車から重そうな金属製のスーツケースが二つ、運び出されて来た。

「さあ、中をあらためてくれ」

と、コートの男が言った。

スーツケースは二つ、床に並べて置いてある。——君江は、これが何かの取引なのだと察した。

では、遠山が〈Mモール〉の現金を狙うと言っていたのは、嘘だったのだろうか？

「これが鍵だ」

と、コートの男が放り投げた鍵を、遠山は受け取って、スーツケースの前に膝をついた。

その瞬間、君江はコートの男がほんのわずかだが後ずさるのを見た。

それは反射的な動きだった。では——。

遠山がスーツケースに鍵を差し込む。

「危い」

と、君江は思わず言っていた。

コートの男がジロッと君江をにらんで、

「何だ、あの女は？」

遠山は首を振って、

「仲間だ」

と言った。「君江さん、『危い』とは？」

「今、その人、ちょっと後ずさったんです。危険を避けるように」

「馬鹿な！」

と、コートの男が笑った。「さあ、早いところ、済ませてしまおう」

「そうだな」

遠山は立ち上ると同時に拳銃を抜いて、コートの男へと銃を向けた。

「何をする！」

コートの男たちが一斉に身構えたが、遠山たちの全員が、拳銃を抜いて構えた。

コートの男たちは、コートのせいで拳銃が抜けなかったのだ。

「こんな真似をして――」

「このスーツケースを開けろ」

遠山が足でスーツケースを蹴って向きを変えた。そして鍵をその上に投げた。

「さあ。そっちで開けてもらおう」

「ただじゃすまないぞ」

「言われた通りにしろ」

遠山は冷ややかに言った。

「まあいい」

コートの男は身をかがめて鍵を手に取ると、床に片膝をついた。「こんなことをすりゃ、次の取引はないぞ」

「いいから開けろ」

「分ったよ」

鍵を差し込んで、回す。カチャリと音がした。

そのとき停っているワゴン車のドアから、一人が身を乗り出して、拳銃を発射した。

遠山の左肩に血が弾《はじ》けて、よろける。

「撃つな！」

コートの男が怒鳴った。

しかし、間に合わなかった。ワゴン車から飛び出して来た二人の男が拳銃を撃ちまくった。

遠山の側の男たちも撃った。コートの男たちは銃を抜く間がなく、ワゴン車の方へと走る。

しかし、銃弾を背中や足に受けて、四、五人がバタバタと倒れた。

「馬鹿！　やめろ！　警察が来る！」

スーツケースを開けようとしていた男が怒鳴ったが、もう止められない。そして遠山が引金を引くと、そのコートの男が腹を押えて倒れた。

その弾みで、スーツケースを蹴って、蓋が開いた。爆発音がして、白い煙がバッと広がる。

「催涙《さいるい》ガスだ！」

と、遠山が言った。「貴様――」

「遠山さん！　血が！」

君江が駆け寄った。

「危ないぞ！　どいてろ！」

「でも――」

ワゴン車へ逃げ込めた男たちは、エンジンをかけて車をバックさせた。

「畜生！」

遠山は左肩の傷を押えて膝をついた。

ワゴン車はタイヤをきしませながら向きを変えて、走り去ろうとした。

そのとき――。

突然、表がまぶしいほどの光で溢《あふ》れた。

「停れ！」

と、スピーカーから声が流れた。「警察だ！　抵抗してもむだだ！」

ワゴン車がブレーキをかける。

「やばい！」

遠山の仲間たちが一斉にMモールの奥へと逃げ出した。

「遠山さん――」

君江は遠山の腕をつかんだ。「逃げて下さい！」

遠山は苦笑して首を振ると、

「馬鹿言っちゃいけない。どこへ逃げても、出入口はすべて固められてるさ」

と言って、ゆっくり立ち上った。

そして拳銃を持ち直すと、右手で君江を突き飛ばした。君江は尻もちをついてしまった。

表のワゴン車から男たちが手を上げて下りて来る。

ワッと警官たちが駆け寄って取り押えた。

その中から、何と真赤なドレス姿に拳銃を手にした真弓がやって来たのである。

「今野さん……」

君江は立ち上って呟いた。

「逮捕してくれ」

と、遠山は言った。

「もちろん。でも、肩を撃たれたのね」

と、真弓は言った。「その辺で倒れてるのは、あんたの仲間？」

「いや、こっちを騙そうとした連中だ」

「それで催涙ガスが？」

と、真弓が目をこすって、「せっかくのドレスが台なしだわ」

真弓は後ろを振り向いて、

「救急車を急いで！」

と怒鳴った。

「俺は大丈夫。大した傷じゃない」

「そうはいかないわ」

と、真弓は首を振って、「警察がけが人に平気で手錠をかけるような野蛮な真似ができますか！」

「あんたは変ってるな」

と、遠山は苦笑した。

「遠山ってのはあんたね」

「ああ」

「生きて逮捕できて良かったわ」

と、真弓は言った。「死なれちゃ、ちゃんと罪を償ってもらえないものね」

「なぜ分ったんだ?」

「大谷さんよ」

と、真弓は言った。「話してくれたの。あなたに手伝えと言われたことをね」

「大谷さん、意識が戻ったんですか!」

と、君江は言った。

「もともと、大したけがではなかったんですよ」

と、真弓は言った。「息子さんがスキー場の雪崩で大けがしたという嘘の知らせで、大谷さんは車で出かけた。その車はブレーキに細工されていた」

「まあ……」

「大谷さんが、あまりに真面目で、悩んでいるのを知って、危険だと思ったんでしょ? でも、却《かえ》ってあんたにとってはマイナスだったわね」

「車の事故で……」

「ブレーキは直してあったのよ。ある器用な人の手でね。ただ、大谷さんは急ぐあまり赤信号を無視してね。それでトラックを引っかけてしまったの。そのとき、大谷さんは冷静になって、考えたのね。そしてスキー場へ連絡して、それが嘘の話だと知ったの」

と、真弓は言った。「それで私たちが駆けつけて、重体ということにして入院してもらった」

「良かった！」

と、君江が胸に手を当てる。

「安田君江さん」

「はい」

「あなたも、この遠山の仲間ですね」

だが、君江が答えない内に、遠山が声を上げて笑うと、

「冗談じゃねえ！　こんな素人に何ができる？　シャッターを上げたりしたのは、俺が銃で脅していたからさ」

「遠山さん……」

「よしてくれ。あんたのようないい年令《とし》の女なんかに手を出さなくても、いくらでも若い女は寄って来るんだ」

「じゃ、この人は関係ないのね？」

と、真弓が訊く。

「ああ。たまたま、こんな時間まで残ってたのが不運だったな」

「そう」

真弓は君江を見て、「そういうことですって」

「――いいえ！」

と、君江は首を振って、「確かに――脅されはしましたけど、その上で納得して仲間に……」

「いい加減にしてくれ」

と、遠山は天井を仰いで、「こんな素人を仲間にしたと言われちゃ、刑務所でからかわれるぜ」

「遠山さん――」

「さっさと帰って、ＴＶでも見るんだな。紅白歌合戦の終りにゃ間に合うかもしれないぜ」

君江は力を失ったようにその場にしゃがみ込んでしまった。

「救急車はまだかい」

「表に出てましょ」

と、真弓は言って、「遠山を連れて行って」

と、命じた。

遠山が、傷を押えて連行されて行く。

「――安田さん」

と、真弓は言った。

「今野さん……。私……」

「改めて話を聞きます。今夜はお帰りになって」

「はい……」

君江は少しよろけながら立ち上った。「これから、Mモールは……」

「正月休みの間には、現場検証も終るでしょう。休み明けには、受付が必要ですよ」

真弓の言葉に、君江は初めてホッとした表情を浮かべ、

「そうでした。――受付だったんですね、私は」

と言った。「じゃあ……これで」

「よいお年を」

と、真弓は微笑んだ。


「あと二曲」

と、佳苗は時間を見ながら、気が気ではなかった。

「――どうだ?」

と、一旦袖に入って来た田ノ倉が汗を拭いて言った。

「今、二十三秒、押しています」

と、佳苗は言った。

「二十三秒か。上出来だ」

「でも、あと二曲しかないんですよ。午前〇時まで」

「大丈夫だ。心配するな」

田ノ倉にそう言われてしまうと、佳苗もそれ以上何も言えなくなってしまう。

「——佳苗さん」

宮前あずさが急ぎ足でやって来て、「一つお知らせを入れて」

「え？　今からですか？」

「これ、メモ。波川さんのＳ社が提供して下さるってことなの」

「でも、時間が——」

「仕方ないわ。私も、たった今、伺ったんだもの。先生、何とかよろしく」

「ああ。任せておけ」

と、田ノ倉は自信満々だ。

「じゃ、私、急いで……」

佳苗はメモに素早く目を通すと、舞台に出て行った。

「ここでお知らせがあります」

と、メモを手に、客席へと語りかけた。「このコンサートのスポンサー〈Ｓ社〉より、本日おいでの皆さんに、特別なプレゼントがございます。——特別にカットされた、美しいクリスタルのアクセサリーです。抽選で二十名の方に当ります！」

佳苗は、あずさから渡された「見本」のペンダントを目の前にかざして、

「わあ！　凄くきれいです！　まるでダイヤモンドみたい！」

と、声を上げた。「皆さん、お帰りのときに、ロビーに貼り出されている、〈当選者座席番号〉を必ずご覧になって下さいね！　ご自分のチケットの座席番号と照らし合わせて、もし合っていたら、受付の者におっしゃって下さい。このすてきなペンダントがもらえますよ！」

客席から拍手が起った。佳苗は一息ついて、

「さて、いよいよ今年も残り少なくなって来ました。少し駆け足で参りましょう！　マエストロ、お願いします！」

そう声をかけると、田ノ倉が何と本当に駆け足でステージに現われたので、客席はドッと沸いた。

指揮台に飛び乗ると同時に、タクトが振り下ろされ、オーケストラはいささかあわてて スピーディなギャロップを演奏し始めたのだった……。

高柳寿美子は、ホールの二階のロビーにいた。

閉じた扉から、かすかに音楽が洩れ聞こえてくる。

本当なら、夫と並んで、二階のいい席で聴いていられるのだが、何だかそれは——

妙な言い方だが、あまりに幸せ過ぎるような気がしたのである。

今年……。そう、まさか高柳と結婚するなんて、去年の大晦日には、想像もしていなかった。

それが、今は高柳正治と夫婦として、このKホールで、ウィンナ・ワルツを聴きながら、新年を迎えようとしているのだ。

「夢じゃないわよね」

と、寿美子は呟いた。

シャンパンの泡が弾けるみたいに、ポンと泡が消えると、すべては夢だった、なんてことに……。

「そんなことはあり得ないわ」

と、口に出して言った。「私は確かに高柳正治の妻なんだもの！」

「やあ、どうも」

二階へ階段を上って来たのは、今野淳一だった。

「あら、お聴きにならないんですの？」

「ちょっと用事がありましてね」

と、淳一は言った。「あなたは？」

「何だか落ちつかなくて」

と、寿美子は言った。

「落ちつかない？」

「ええ。――笑われそうですけど、幸せ過ぎて落ちつかないんです」

寿美子はそう言って、少し照れて笑った。

淳一は黙って微笑んだ。

「――奥様は？」

と、寿美子は訊いた。

「あれは今仕事中でして」

「まあ、こんな大晦日に。――大変なお仕事ですね」

「全くです。もうすぐ新年ですな」

と、淳一は言った。

「ええ。あと……何分かしら」

「最後の曲が始まったようだ」

と、淳一は言った。

22　宴のあと

カウントダウンの前の最後の曲、ヨハン・シュトラウスの〈ウィーンの森の物語〉が始まった。

舞台の袖で、佳苗はハラハラしながら、優雅にタクトを振る田ノ倉を見ていた。

こんなのんびりしたテンポで、大丈夫なのかしら？　曲が終る前に午前〇時になってしまったら、それこそ「司会が悪い！」と言われてしまう。

そう思うと胃が痛かった……。

〈ウィーンの森の物語〉は、初めオーケストラの演奏があった後、ツィターのソロが入る。オーストリアの民族楽器で、映画「第三の男」で使われて有名になった。

素朴《そぼく》でどこか哀愁を感じさせる響き。

でも、今若い人は「第三の男」と言っても、

「そんな映画あったんですか？」

と、首をかしげたりする。

「ああ……。のんびり奏《ひ》かないでよ……」

と、佳苗はジリジリしながら呟いた……。

今さらジタバタしても始まらない。

あずさは、二階客席の隅に立って、田ノ倉の振る〈ウィーンの森の物語〉に聴き入っていた。

この分だと、本当に午前〇時になるのと曲が終るのとどっちが先かという感じだが、いくら焦っても、あずさが指揮しているわけではないのだ。

ホールの支配人などという仕事は、常にあらゆるハプニングとの闘いである。いちいち引きずっていてはやっていけない。

近くの扉が細く開いて、顔を出したのは真弓だった。

あずさがロビーへ出て行くと、

「もう少しで〇時ですね」

と、真弓は言った。「この後は……」

「ハッピー・ニューイヤーの後、〈美しく青きドナウ〉が演奏されます。そして、最後は〈ラデツキー行進曲〉。定番通りです」

「そうですか」

「真弓さん……。少し目が赤いですよ」

「催涙ガスのせいで」

と、ハンカチを目に当てる。

「催涙ガスって……。何かあったんですか？」

と、あずさは不安になって訊いた。

真弓はハンカチで目を拭うと、

「ええ、まあ……」

と、言葉を濁《にご》して、「あずささん、いいんですか、中で聴いてなくて」

「午前〇時にちゃんと終ってるか、心配で。心臓に悪いんです」

「そんなに？」

「でも――やっぱり、そうですよね。支配人として、しっかり見届けなくては」

あずさは深呼吸すると、扉をそっと開けてホールの中へ入った。

〈ウィーンの森の物語〉は、少しも急ぐではなく、悠然と続いていた。

田ノ倉は、まるで時間なんか気にしていない風で、目を閉じて音楽に酔っている様子だ。

お願い……。あずさは思わず手を組んで祈っていた。――間に合わせて！

午前〇時になると、ステージの両サイドに仕掛けられた花火が自動的に破裂して、紙吹雪が飛び散ることになっている。それは止められない。

本当なら、十秒前くらいに曲が終って、司会者が、「さあ、カウントダウンです！」

と呼びかけるのだが……。

ああ、もう三十秒しかない。これじゃ終らないわ！

あずさは思わず目を閉じていた。

曲は最後のコーダへ。そして……。

終った！

次の瞬間、花火が弾けた。ステージに紙吹雪が舞う。

「やった……」

あずさがそう呟くと、ホール内には一斉に拍手と歓声が湧き上った。

佳苗がステージに出て来ると、

「皆さん、明けましておめでとうございます！」

と、元気よく声をかけた。

あずさは、佳苗も袖で冷汗をかいていたに違いない、と思った……。

ホール中が手拍手を打って、アンコールの〈ラデツキー行進曲〉がにぎやかに終る。

指揮の田ノ倉、そしてソプラノの中谷涼子とテノール歌手が何度かステージに呼び戻され、やっと客は帰り始めた。

「どうぞお気を付けてお帰り下さい」

と、司会の佳苗が呼びかける。「それから先ほど申し上げた、クリスタルペンダントのプレゼント。当り座席がロビーに貼り出されていますので、お忘れなく！」

――あずさはステージの袖で、佳苗が戻って来るのを待っていた。

「お疲れさま！」

と、佳苗の手を握る。「汗かいてる？」

「もう汗だくよ」

と、佳苗は言った。「次はもういやよ。心臓に悪い！」

「同感よ」

と、あずさは笑った。「マエストロ！」

田ノ倉が、妻の山並しのぶとキスしている。

「――どうだ、ちゃんと終っただろ？」

「ハラハラしましたよ。時計見てたんですか？」

「いや、体内時計さ。それぐらい分らんようでは指揮はできない」

田ノ倉は得意げに言った。

「参りました」

と、あずさは言った。「来年——じゃなかった、今年の暮れのご予定は?」

田ノ倉は笑って、

「それは今夜眠ってから考えよう」

と言って、しのぶの肩を抱き、楽屋の方へと消えた。

「帰ったら、バタンキューね」

と、佳苗は言った。「ギャラ、忘れないで下さいね」

「もちろん。あら……」

淳一が立っていた。

「あずささん。家内がちょっと」

と、淳一は言った。

「はあ……」

ロビーへ出て行くと、何人かの客が残っていた。

「プレゼントの抽選で当った方々です」

と、真弓が言った。「S社の社長、波川さんから皆さんに手渡しされます」

「分りました」

「どうも、おめでとうございます」

波川が汗を拭いながら言った。「では、お一人ずつ……」

波川がリボンをかけた箱を、当った座席番号の客へと一つずつ手渡した。

少し離れて、それを見ていたのは、波川敏子だった。

「変ね……」

と、そばにいた淳一へ言った。「あんなこと、お父さんがするなんて」

「聞いてなかった？」

「ええ。全然」

受け取った客たちは、ホールを出て行った。

「何だか……」

と、敏子は眉を寄せて、「当った人、みんな感じが似てない？　どこかの社長とか、そんな雰囲気で……」

「いい勘だ」

と、淳一は言った。

二十人の半分ほどが、プレゼントを受け取って外へ出て行った。

そのとき——受け取って出て行った客の一人が、バタバタとホールへ駆け込んで来て、

「逃げろ！」

と怒鳴った。「みんな外で逮捕されてるぞ！」

残った客たちが、一瞬立ちすくんだ。その間に、ロビーへ警官が数十人、なだれ込んで来て、客たちを取り囲んだ。

「——これは何ですの？」

と、あずさが愕然としている。

「あのペンダントはクリスタルガラスではなく、本物のダイヤです」

と、真弓が言った。「予《あらかじ》め、当る座席を決めておいて、そこに座った人たちに、手渡されることになっていたんです」

「本物のダイヤ？」

と、あずさが目を丸くする。

「ただし、密輸品です。そして、麻薬《まやく》の代金として支払われたものです」

「麻薬？」

と、敏子が息を呑んで、「お父さん！　やっぱりそんなことに手を出したのね！」

波川は青ざめていた。

「敏子……。仕方なかったんだ。会社を救うには、それしか方法が——」

「馬鹿！　どうしてひと言、言ってくれなかったのよ！」

と、敏子が涙声で言った。

「あずささん、お騒がせしてすみません」

と、真弓が言った。「道田君、皆さんをご案内して」

「待って下さい」

と、あずさが言った。「このKホールで、そんな犯罪が?」

あずさの顔が紅潮する。そして、波川へと大股に歩み寄ると、

「私の大事なKホールで、何てことを!」

と、拳を固めて、波川の顎を一撃した。

波川はカーペットの上を一回転した。

「当然だわ」

と、敏子が肯いて、「私だって殴りたいくらい」

「勘弁してくれ!」

波川があわてて両手を合せた。

——波川や、客たちが連行されて行くと、ちょうど田ノ倉たちが着替えて出て来た。

「何かあったのかね」

と、田ノ倉が言った。

「いえ、もう済みました」

と、真弓が言った。「お疲れさまでした」

「あ、高柳さん」

涼子が、高柳寿美子を見付けて声をかけた。

「あ、どうも……」

と、寿美子は少し恐縮していて、「主人が、終ってからトイレに行ってたものですから、こんなに遅くなっちゃって」

「いえ、却って良かったですよ」

と、あずさが言った。「今、ちょっとロビーで騒ぎがありまして」

「まあ、どうなさったの？」

「いえ、大したことでは……」

「高柳さん、本当にありがとうございました」

と、涼子が礼を言った。「ドイツ語のことについて、色々教えていただいて」

「いいえ、あなたの努力ですよ」

と、寿美子は言った。「――あなた、今ごろまで……」

高柳がハンカチで手を拭きながらやって来たのである。

「トイレぐらい、ゆっくり行かせてくれよ」

と、高柳は笑って、「宮前さん、大盛況でおめでとう」

「恐れ入ります。高柳さんには、会田正介さんのこととか、色々お世話になって」

真弓がちょっと咳払いして、

「高柳さん、恐れ入りますが……」

「ああ、刑事さん。何か？」

「あなたにもお話を伺わなくてはなりません」

と、真弓は言った。「波川さんは今連行されて行きました」

寿美子を始め、居合せた女性たちはポカンとしていた。

「――そうですか」

と、高柳は平静そのものの様子で、「これは逮捕ですか？」

「いいえ」

「では任意同行を求められているわけですね。お断りすることもできますな」

「まあそうですが……。逃亡することは無理ですよ」

と、真弓は言った。

「待って下さい」

寿美子がやっと口を開いた。「どういうことですか？　主人が何か――」

「心配するな」

と、高柳は寿美子の肩を抱いて、「これは何かの間違いだ」

「でも、あなた……」

「高柳さん」

と、真弓は言った。「正直にすべてを話して下さい。あなたが波川さんを利用して密輸に手を染めていたことは分っています」

「密輸ですって？」

「寿美子、帰ろう。家でゆっくり話をする」

と、妻を促して、高柳が出口の方へと歩き出す。

それを見送っていた真弓へ、道田が、

「一つ余ってますが」

と言った。

「――え？　何が？」

と、真弓が振り向く。

「プレゼントのペンダントです」

と、道田が、リボンをかけた箱を手にして言った。

「余った？　おかしいわね」

それを聞いていた淳一が、

「高柳さん！」

と呼び止めた。「出てはいけません！」

高柳が振り返る。

そのとき、表の暗がりから飛び出して来た男がいた。

「高柳！　裏切ったな！」

男の手には拳銃があった。

「あなた！」

寿美子が夫を押しやった。同時に拳銃が発射された。

「道田君！」

真弓が素早く拳銃を抜いていた。

道田が高柳の方へ駆け出る。

淳一がそばにあったテーブルの上の花器をつかむと力一杯投げた。鉄製の花器は、外の男の腕に当って、男は拳銃を取り落とした。

道田が男に飛びかかる。

「——寿美子！」

高柳の声が響いた。

「あなた……。大丈夫？」

寿美子はそう言いつつ、その場に崩れるように倒れた。腹部から血が広がっている。

「救急車を！」

と、真弓は叫んだ。

あずさがあわてて駆け出した。

「何てことだ！」

高柳は呆然と立ちすくんでいる。

「奥さん！　しっかりして」

真弓が、倒れた寿美子へ駆け寄った。

「主人は……主人は……」

と、寿美子が手を差しのべた。

「今ここに。——高柳さん」

高柳はよろけるようにやって来ると、

「寿美子！」

と、膝をついて、妻の手を握った。

「あなた……。大丈夫なの？」

「ああ、私は何ともない。——しっかりしろ。すぐ救急車が来る」

「ええ……。私は……大したことないわ」

真弓が道田の方へ、

「血を止めるのよ！　何か布を！」

と怒鳴った。

「こんなことになるとは……」

　高柳が首を振った。「寿美子、許してくれ!」

「あなた……。ちょうどいいわ……」

　と、寿美子がかすれた声で言った。

「ちょうどいい?」

「怖かったの。私みたいな女が……幸せ過ぎるって。だから、こうしてあなたの代りに撃たれて……ホッとしているのよ、私」

「やめてくれ。私は君を騙していた」

「いいえ……。夫としては充分に……すてきな人だった……」

　淳一がそばへ来ると、

「痛みますか?」

　と、声をかけた。

「いえ……。あまり感じませんわ」

「ご主人がずっとついて行きますからね」

「ええ……。お願いします」

　道田が駆けて来て、

「救急車が待機していたので」

道田を追いかけて、担架を抱えた救急隊員がやって来た。

「出血がひどい。急ぎましょう」

と、寿美子を担架に乗せる。

「刑事さん」

高柳が真弓に向って真直ぐに立つと、「寿美子について行ってもよろしいでしょうか」

と訊いた。

「ええ。ついて行かなかったら、逮捕します！」

真弓の言葉に、高柳は一礼して、担架に寄り添うようについて行った。

——田ノ倉や涼子たちは、呆然として、成り行きを見ていた。

「何てことだ……」

という田ノ倉の言葉は全員の思いだったろう。

「高柳さんも波川さんも……」

と、あずさがため息をついて、「ホールはどうなるのかしら……」

「でも、どういうことですの？」

と、戸畑佳苗が言った。「田ノ倉さんを狙ったこととか……」

「詳しくは、高柳さんの供述を聞く必要があります」

と、真弓は言った。「このジルベスター・コンサートの間に、〈Mモール〉で事件がありました」

「また爆弾？」

「いいえ、麻薬の取引です。でも、それは事前に密告があって、一斉検挙できました」

と、真弓は言った。「密告したのは、おそらく高柳さんでしょう」

「え？」

「大きな麻薬取引の市場を巡って、二つのグループの間で勢力争いがあったんです。高柳さんは、『競争相手』を陥《おとしい》れることで、取引を一手に握ろうとしたんですよ」

と、真弓は言った。「高柳さんは、このKホールを隠れみのに使っていた。敵対するグループが、ホールに色々妨害を仕掛けたんです。簡単に操れる山野や杉戸を使ってね」

「じゃ、そのグループが〈Mモール〉で……」

「ええ。残っている者もいるでしょうけど、もう組織として崩壊していますよ」

「じゃ、取りあえずは……」

と、山並しのぶが田ノ倉の腕を取って、「先生の命も安全ですね」

「でも、ひどいわ」

と、佳苗が憤然《ふんぜん》として、「そんなことのために、田ノ倉先生のような、貴重な才能を……」

「貴重なのは、誰の命も同じだ」

と、田ノ倉が言った。

「でも、誰でもオーケストラを振れるわけじゃありませんわ」

と、佳苗が言うと、

「そうですよ！」

と、あずさが声を上げた。「〇時ぴったりに曲を振り終える方なんて！　先生！　来年の――いえ、今年の〈ジルベスター〉、振って下さい！」

「年寄りをこき使うな」

と、田ノ倉は苦笑して、「ともかく、ひと休みしてから考える」

「何時ごろお目ざめですか？　そのころお電話します！」

と、あずさは容赦《ようしゃ》ない口調で言った。

――田ノ倉が、真弓たちへ、

「では、お疲れさん」

と、声をかけて出て行く。

「佳苗さん！」

と、あずさが言った。「遅くまでやってる店を知ってるの。打上げ、やりません？」

「いいですね！」

と、佳苗はパッと笑顔になった。「涼子さんも、どうぞ」

「あ、でも、ここを閉めないと」

と、あずさが言った。「しばらくかかります？」

「ええ。何時間かは」

真弓が肯いて、「打上げが済んでから戻ってらして。大丈夫ですよ」

「ありがとうございます！」

女性たちが出て行こうとすると、

「お付合しましょう」

と、淳一が言った。「僕のおごりです」

「わあ、嬉しい！」

真弓は肩をすくめて、

「ごゆっくり！」

と、声をかけた。「道田君、逮捕した連中から、ペンダントを回収してね」

「分りました」

と、道田は言ったが——。「あれ？」

「どうしたの?」

「あの、一つ余ってたペンダントの箱、なくなっちゃいましたけど……」

真弓はちょっと間を置いて、

「さっき、その辺に犬が一匹いたから、くわえてったんでしょ」

「犬ですか?」

と、道田が目を丸くした……。

エピローグ

「おはようございます」

安田君江は、正月の三日、いつも通りの時間に〈Mモール〉に出勤した。

相手から、

「明けましておめでとうございます」

と言われて、あわてて、

「あ、おめでとうございます」

と返した。

そう。——正月が来たということを忘れかけている自分がいた。

いつものように〈受付〉に座る。

大晦日の、あの銃撃戦の跡はあちこちに残っているが、一日、二日の間に、〈Mモール〉のスタッフが必死で飾り付けをして、できる限り、弾丸の跡などを見えないように隠したのである。

もちろん、ニュースになり、〈Mモール〉の映像も流れたから、オープンの今日やって来るお客も、みんな何があったかは知っているだろう。

それでも、割れたガラスや傷ついた床などは巧みに隠されてあった。

「午前十時だわ」

と、君江は呟いた。

正面の扉が開いた。待っていた客がドッと入って来る。

デパートの初売りではないので、とんでもない人出にはならないが、それでも中の店によっては〈福袋〉を用意する所もあり、目当ての店へと人々は急いで行った。

「いらっしゃいませ」

という君江の声は、ほとんど届かなかっただろう。

「――ご苦労様」

と、声がした。

「あ、今野さん」

真弓と淳一が立っていたのである。

「明けまして……」

と、きちんと挨拶すると、「私、逮捕されるんですか?」

「その気ならとっくにしてます」

と、真弓は言った。「遠山って男、頑固でして。あなたは仲間じゃないと言い張ってるんです」

「そうですか……」

「こちらの受付の加藤七重には逮捕状が出ています」

「七重ちゃん……今朝は見ていません」

「逃亡しています。彼女は、組織の大物の娘なんですよ」

「まあ……」

「いずれ逮捕できるでしょう。詳しいことはちゃんと訊き出します」

と、真弓は言った。「では、何か気が付いたことがあれば、いつでも連絡して下さい」

「分りました」

「さ、何か特売品でいいのないかしら？」

真弓はどんどん入って行き、淳一があわてて追いかけて行った。

受付の電話が鳴って、

「はい受付の安田です」

と出ると、

「安田さん」

「まあ。——七重ちゃん?」

「ごめんなさい。聞いたでしょうけど、私、今は逃亡中なの」

「逃げ切れないわよ。自首したら?」

「そうしたいけど、家族がいるの」

「家族?」

「父のことは──」

「ああ、とても偉いんですってね」

「こういうの、偉いって言うのかな」

と、七重は笑って、「受付に爆弾仕掛けたのは私の姉なの。ごめんなさい」

「まあ。──どこかで見たような気がしたのは、あなたと似てたからね!」

「誰もいないときに爆発するようにして、って言っといたのに、ろくに聞いてなかったのよ」

「でも、どうして受付を……」

「工事に出入りする機会がふえるでしょ。それに、あんなに派手に爆発するなんて思わなかったの」

「今、どこなの?」

と、君江は訊いた。

「それは言えないけど、これから遠くへ行くの。当分会えないと思うわ」

「そう。――気を付けて」

「ありがとう。ね、安田さん」

「え？」

「遠山と、深い仲にはならなかったのよね」

君江はちょっと詰ったが、

「ええ……。そこまでは」

「良かった。安田さんを巻き込むのは気が進まなかった」

「でも、大谷さんは……」

「ああ。申し訳なかったわ。謝っといて」

と、七重は言って、「あ、行かなきゃ。それじゃ、お元気で」

電話の向うに、飛行機の搭乗案内らしい声が響いた。海外へ飛ぶのか。

電話を切って、君江は、

「気を付けて！」

と呟いた。

そのとき、コートを着た紳士が、ボストンバッグを手に奥から出て来ると、

「どうも」

と、君江に会釈した。

三十一日に、コインロッカーに荷物を入れに来た人だ。君江は小さく会釈したが……。

「今の人……。誰かに似てる」

と、首をかしげた。

たった今、話していたから気が付いたのだ。——七重と似てる！

七重の父？　もしかすると——。

君江はケータイを手に取って、真弓へかけた。急いで話して、

「今、出て行ったところです」

「分りました！」

もちろん、別人という可能性もあるが……。

でも君江は、ともかく気が済んで息をついた。

後はもう、警察に任せるしかない。

——しばらくして、淳一が一人でやって来た。

「やあ、どうも」

と、淳一は微笑んで、「おかげさまで、ガードマンがここの表で拘束《こうそく》したようです」

「じゃあ、やっぱり……」

「ここで銃撃戦をやった連中のボスですよ。逃げられなくて良かった」

「そうですか……」

「後で家内が来ると思います」

——これでいい。遠山だけが罪に問われるのでは許せない。

行きかけた淳一へ、

「今野さん」

と、君江は声をかけた。「受付が一人いなくなっちゃったんですけど、誰かいい子がいたら、ご紹介いただけません？」

淳一はちょっと目をパチクリさせていたが、

「分りました」

と肯いて、「家内に伝えましょう」

「よろしくお願いします」

そう言って、君江はていねいに頭を下げた。

解　説

山前　譲

　まもなくクリスマスという時、大きなショッピングモールの二階にある受付カウンターが爆弾で破壊されてしまいます。幸い、爆弾に気付いた男性の警告で、カウンターにいた女性は危機一髪のところで避難し、人的被害はありませんでした。ところがそれは、日本のクラシック音楽界に起こった大事件の序曲にしかすぎなかったのです。鋭《するど》い観察力で爆弾を発見した男性とは、もちろん（！）今野淳一《こんのじゅんいち》です。妻の真弓《まゆみ》と一緒に、ショッピングモールのビルの最上階にあるフレンチレストランに向かうところでした。この『泥棒教室は今日も満員』は、そのショッピングモールのあるビルと、華麗《かれい》なるオペラの世界がコラボレーションしての謎解きです。

　二〇一七年、赤川さんのオリジナル著書は六百冊を超えました。まさに小説界のマエストロと言えるでしょう。その作品の全てを読んでいる人はそう多くはないでしょうが、たとえ全作品を読まなくても、赤川さんがクラシック音楽の愛好家であることにはすぐ気付くはずです。『赤いこうもり傘』『幻の四重奏』『昼と夜の殺意』『禁じられたソナタ』『黒鍵は恋してる』や〈三毛猫ホームズ〉シリーズのいくつかの作品など、関連作品を挙げていくときりがありません。

今野夫妻のシリーズである『泥棒教室は今日も満員』はとりわけオペラに関係の深い作品です。十二月二十五日の〈Xマス・ガラコンサート〉、大晦日の〈ジルベスター・コンサート〉、それに続く〈ニューイヤー・コンサート〉と、Kホールのコンサートとともに物語が展開していくからです。そのコンサートは準備段階からトラブルまたトラブル、それはまさに殺人的！

ガラコンサートの「ガラ」とは祝祭を意味し、何かを記念して行なわれる特別な演奏会とのことです。〈Xマス・ガラコンサート〉ならクリスマスを祝ってということになります。プログラムとしては、交響曲や協奏曲の全楽章ではなく、オペラの有名なアリアが中心となるようで、気軽に楽しめるコンサートです。たとえばKホールのプログラムでは、ヴェルディのオペラ「アイーダ」のアリア〈勝ちて帰れ〉や、やはりヴェルディのオペラ「椿姫」からソプラノとテノールの二重奏、〈パリを離れて〉などが歌われています。

一方、「ジルベスター」はドイツ語で大晦日《おおみそか》という意味です。こちらもオペラやミュージカルのお馴染《なじ》みのナンバーがプログラムされるようですが、KホールではヨハンＮ・シュトラウスのワルツやポルカ、レハール、カールマンなどのオペレッタ、そしてヨハン・シュトラウス〈ウィーンの森の物語〉が演奏されています。そして、ちょっとスリリングなカウントダウンがあって新年を迎え、〈ニューイヤー・コンサート〉が始まります。ベルリン・フィルハーモニー管弦楽団のジルベスターコンサートが有名ですが、日本では東京・渋谷のBunkamuraオーチャードホールで一九九五年にスタートした〈東急ジルベスターコンサート〉が先駆けとなったようです。

テノールやソプラノなどの歌手や気難しい指揮者といった、コンサートの出演者のキャラクターはじつに生き生きとしています。芸術家ならではの葛藤《かっとう》や嫉妬《しっと》、恋愛感情の綾、コンサートホールの運営の難しさや音楽評の裏事情と、人間模様は興味津々《しんしん》です。赤川さん自身がこの作品の執筆を楽しんでいたことがよく分かるでしょう。ですから登場人物はフルオーケストラ並み……とまではいきませんが、かなり多く、その人間関係は複雑に絡んでいきます。

まずはショッピングモールのあるビルです。九階と十階にあるカルチャースクールのF学園の講師陣には、〈R興業〉専務の正治《まさはる》と結婚したばかりの「ドイツ語会話教室」の高柳寿美子《たかやなぎすみこ》、元アナウンサーで「自伝・エッセイの書き方」の北浜恵子《きたはまけいこ》、クラシック音楽の評論家の戸畑佳苗《とばたかなえ》らがいます。ショッピングモールの受付は安田君江《やすだきみえ》と加藤七重《かとうななえ》で、保安部長の大谷《おおたに》がビルの安全を担っています。フレンチレストラン〈Q〉の永辻《ながつじ》シェフは今野夫妻が命の恩人とのことです。

Kホールの敏腕支配人の宮前《みやまえ》あずさはこの長篇の主人公と言えるかもしれません。彼女が奮闘《ふんとう》している一連のコンサートの関係者には、ソプラノの山並《やまなみ》しのぶと中谷《なかたに》涼子《りょうこ》、テノールの会田正介《あいだしょうすけ》、しのぶの夫で指揮者の田ノ倉靖《たのくらやすし》、その田ノ倉のマネージャーの大山令子《おおやまれいこ》がいます。そしてホールのオーケストラピットで死を迎えてしまった掃除人の佐々山始《ささやまはじめ》やコンサートのスポンサーの波川《なみかわ》……。K新聞文化部でコンサート評をしていた杉戸《すぎと》や音楽評論家の山野広平《やまのこうへい》も重要な関係者です。

やがて明らかになっていくのは、ショッピングモールやコンサートホールを利用しての邪悪《じゃあく》な企みでした。登場人物それぞれの思惑《おもわく》のアンサンブルが、事件を複雑なものにしていきますが、迫り来る危機に機敏に対処するのは今野真弓であり、事件の真相を見抜くのは淳一です。謎解きで言えば、真弓はいわばコンダクター、そして淳一はホールの支配人でしょうか。コンダクターはいつものように拳銃を、いや指揮棒を振り回し、支配人は裏方に徹しています。こうした今野夫婦の絶妙なデュエットが、シリーズの魅力となってきたのは言うまでもありません。

今野夫妻の活躍もこの『泥棒教室は今日も満員』で十九冊目、「読楽」に連載（二〇一三年一月号〜二〇一四年二月号、四月号〜二〇一五年二月号）ののち、二〇一五年七月にトクマ・ノベルズの一冊として刊行されました。この長篇の本当のコンダクターはもちろん赤川さんです。大好きな音楽の世界を事件の背景にして、気持ち良く指揮棒を振っている姿が目に浮かぶことでしょう。赤川さんがどれほどオペラに熱を上げているかは、エッセイ集『三毛猫ホームズとオペラに行こう！』で知ることができます。そして思うことは、いったい原稿をいつ書いているのでしょう……。

二〇一八年一月

この作品は2015年7月徳間書店より刊行されました。
なお、本作品はフィクションであり実在の個人・団体などとは一切関係がありません。

徳間文庫

夫は泥棒、妻は刑事⑲

泥棒《どろぼう》教室《きょうしつ》は今日《きょう》も満員《まんいん》

2018年2月15日 初刷

著者 赤《あか》川《がわ》次《じ》郎《ろう》

発行者 平野健一

発行所 株式会社徳間書店

東京都品川区上大崎三―一―一
目黒セントラルスクエア 〒141―8202

電話 編集〇三(五四〇三)四三四九
販売〇四八(四五一)五九六〇

振替 〇〇一四〇―〇―四四三九二

印刷 図書印刷株式会社

製本 株式会社宮本製本所

ISBN978-4-19-894306-6 (乱丁、落丁本はお取りかえいたします)

徳間文庫の好評既刊

赤川次郎

夫は泥棒、妻は刑事11

盗んではみたけれど

「真弓さんの知り合いが被害者です！」部下の道田刑事から電話を受け、もの凄い形相で現場に駆けつけた真弓。鈍器で後頭部を殴打され殺されたのは、真弓の大学時代の先輩だった。彼は大金持ちと結婚したはずが、なぜかホームレスになっていたのだ！

赤川次郎

夫は泥棒、妻は刑事12

泥棒も木に登る

「いつもと違う」ジェットコースターおたくの陽子は異変に気づいた。一方、淳一に遊園地の保安係が持っているナイフを見付けるよう依頼した女が遊園地で殺されてしまう。ナイフに隠された秘密とは？　そして大勢の客を乗せたジェットコースターはどうなる!?

徳間文庫の好評既刊

赤川次郎

夫は泥棒、妻は刑事[13]

盗んで、開いて

夢はショパンを駆け巡る

十五歳の涼は事故の後遺症で悩む父のために「薬」をもらいに行ったとき、薬売りが麻薬ギャング永浜に殺されるのを目の当たりにしてしまった！　目撃証言を恐れた永浜は口封じに彼女の命を狙う。真弓と淳一は涼を守れるか!?

赤川次郎

夫は泥棒、妻は刑事[14]

盗みとバラの日々

駆け落ちを計画していた十七歳の真琴だったが、彼はあっさりと金で彼女を捨てた。真琴の祖父で大企業の会長城ノ内薫が手切れ金を渡したのだった。そんな祖父は三年後、二十代の美保と再婚。美保は会社経営に口を出し、会社が分裂の危機に――。